35
ANOS

CB000577

OUTONO

KARL OVE KNAUSGÅRD

Outono

Tradução do norueguês
Guilherme da Silva Braga

COMPANHIA DAS LETRAS

Grafia atualizada segundo o Acordo Ortográfico da Língua Portuguesa de 1990, que entrou em vigor no Brasil em 2009.

Título original
Om høsten

Capa
Raul Loureiro

Imagem de capa
Sem título, de Paulo Pasta, 2001. Óleo e carvão sobre papel, 15 cm × 20 cm.

Preparação
Mariana Donner

Revisão
Huendel Viana
Marise Leal

Dados Internacionais de Catalogação na Publicação (CIP)
(Câmara Brasileira do Livro, SP, Brasil)

Knausgård, Karl Ove
Outono / Karl Ove Knausgård ; tradução do norueguês Guilherme da Silva Braga. — 1ª ed. — São Paulo : Companhia das Letras, 2022.

Título original: Om høsten.
ISBN 978-65-5921-210-1

1. Ficção norueguesa I. Título.

22-103318 CDD-839.823

Índice para catálogo sistemático:
1. Ficção : Literatura norueguesa 839.823

Eliete Marques da Silva – Bibliotecária – CRB-8/9380

[2022]
Todos os direitos desta edição reservados à
EDITORA SCHWARCZ S.A.
Rua Bandeira Paulista, 702, cj. 32
04532-002 — São Paulo — SP
Telefone: (11) 3707-3500
www.companhiadasletras.com.br
www.blogdacompanhia.com.br
facebook.com/companhiadasletras
instagram.com/companhiadasletras
twitter.com/cialetras

Sumário

CARTA A UMA FILHA NÃO NASCIDA

28 DE AGOSTO. Agora, enquanto escrevo, você não sabe nada a respeito de nada — o que a espera, em que tipo de mundo você há de surgir. E eu não sei nada a respeito de você. Já vi uma imagem de ultrassom e coloquei a mão na barriga onde você está; isso é tudo. Ainda faltam seis meses para o seu nascimento e tudo pode acontecer nesse tempo, mas acredito que a vida é forte e indômita, acredito que tudo vai dar certo para você e que você deve nascer sadia, forte e saudável. "Vir à luz", é assim que dizemos. Vanja, a sua irmã mais velha, nasceu com a noite do lado de fora, em meio a uma escuridão repleta de flocos de neve que rodopiavam. Pouco antes de ela sair, uma das parteiras me puxou e disse, "pegue-a", e foi o que fiz: uma menina deslizou para as minhas mãos como uma pequena foca. Minha felicidade era tanta que comecei a chorar. Quando Heidi nasceu um ano e meio depois era outono e o céu estava encoberto, frio e úmido como em geral acontece em outubro. Ela chegou pela manhã, o parto foi rápido e, quando a cabecinha já estava para fora — mas não o restante do corpo —, ela fez um barulhinho com os lábios.

Foi um momento de grande alegria. John, o seu irmão mais velho, chegou numa cascata de água e sangue, a sala não tinha janela, meio como um bunker, foi a impressão que tive, e quando mais tarde saí para dar uma caminhada e ligar para os avós de vocês eu me surpreendi com toda a luz no lado de fora, me surpreendi ao ver que a vida continuava como se nada tivesse acontecido. Era o dia 5 de agosto de 2007 e o relógio marcava cinco ou seis horas em Malmö, para onde tínhamos nos mudado no verão anterior. Mais tarde naquela noite pegamos o carro e fomos a um hotel hospitalar, e no dia seguinte eu busquei as suas irmãs, que se divertiram muito colocando um lagartinho verde de borracha na cabeça dele. Na época, uma delas tinha três anos e meio e a outra quase dois. Eu tirei fotos, e um dia vou mostrá-las a você.

Foi assim que as suas irmãs e o seu irmão vieram à luz. Agora todos estão crescidos, acostumados ao mundo, e o mais curioso é que todos são muito diferentes, cada um repleto de personalidade, e sempre foi assim, desde o primeiro momento. Imagino que com você também deva ser assim, que você já é a pessoa que há de se tornar.

Duas irmãs, um irmão, uma mãe e um pai; esses somos nós. Essa é a sua família. Começo falando nisso porque é o mais importante. Boa ou ruim, calorosa ou fria, austera ou gentil, pouco importa: a família é o mais importante, essas são as relações por meio das quais você há de ver o mundo, por meio das quais você há de formar sua compreensão de praticamente tudo, de maneira direta ou indireta, tanto nas horas boas como nas horas ruins.

Agora, durante esses dias, estamos todos bem. Hoje, enquanto as crianças estavam na escola, eu e a sua mãe fomos a um café em Limhamn nesse calor de fim de verão — o dia estava incrível, com sol, céu azul e uma discreta insinuação de outono no ar, em que todas as cores pareciam saturadas, mas assim mesmo vivas — e conversamos sobre qual seria o seu nome. Eu sugeri Anne se você for menina, e Linda disse que gostava demais desse nome, que tem uma sonoridade leve e clara, e gostaríamos que essas características estivessem associadas a você. Se você for menino, nossa sugestão foi Eirik. Assim você teria no nome o mesmo som que o seu irmão e as suas irmãs têm — *i* — pois é assim que todos esses nomes soam quando ditos em voz alta: Vanja, Heidi, John.

Agora os quatro estão dormindo. Eu estou no meu escritório, que na verdade é uma casinha com dois cômodos e um sótão, olhando para o gramado que leva à casa onde todos estão, para as janelas escuras que estariam invisíveis se não fossem os postes de iluminação pública do outro lado: a luz que irradiam enche a cozinha de um brilho tênue e fantasmagórico. Aquela casa na verdade é composta por três casas, uma depois da outra, reformadas e transformadas em uma. Duas de madeira pintada de vermelho, uma de alvenaria caiada. Em outras épocas havia famílias que trabalhavam nas grandes propriedades vizinhas e moravam lá. Entre essas duas casas há uma casa de hóspedes, que chamamos de casa de verão. No interior da ferradura desenhada pelas três casas fica o jardim, que se estende por uns trinta metros em direção a um muro branco. Lá temos duas ameixeiras, uma antiga, com um galho que cresceu tanto e acumulou tanto peso que precisa ser apoiado por duas forquilhas, e uma jovem, que eu plantei no verão passado e que este ano está dando frutas pela primeira vez, além de uma pereira, também antiga, bem mais alta do que a casa, e três macieiras. Uma das macieiras estava em condições bem ruins, com muitos galhos mortos, a árvore parecia estar ressequida e sem vida, mas no início do verão eu fiz a poda, eu nunca tinha feito isso e fiquei muito empolgado, fui podando cada vez mais sem me dar conta do que estava fazendo, até que depois, já no fim do entardecer, desci e me afastei para ver o resultado. "Mutilação" foi a palavra que me veio à cabeça. Mas hoje os galhos estão crescidos, a copa está frondosa e a macieira está carregada de maçãs. Essa é a experiência que tenho com o trabalho no jardim: não há razão para ter cuidado nem sentir medo de nada, porque a vida é robusta e vem por assim dizer em cascata, cega e verdejante, e por vezes isso é assustador, porque nós também vivemos, porém numa situação mais ou menos controlada, o que faz com que tenhamos medo de tudo o que é cego, tudo o que é indômito, tudo o que é caótico, tudo o que cresce em direção ao sol, e que no entanto com frequência é belo de uma forma que vai além do simples aspecto visual, pois a terra tem cheiro de podre e de escuro, fervilha com besouros ariscos e vermes rastejantes, os caules das flores são cheios de seiva, as copas das árvores transbordam fragrâncias, e o ar, frio e cortante, quente e úmido, saturado de sol ou de chuva, deposita-se sobre a pele acostumada a quatro paredes como um invólucro de presença. Atrás da casa principal fica a estrada, que acaba cem metros adiante no que parece ser uma região semi-industrial desativada, as construções são cobertas por telhados de zinco corrugado e as janelas estão quebradas, e há motores e eixos no lado de fora, enferrujados e já meio sumidos na grama. Do outro lado, atrás da casa em que estou, há uma bonita construção de tijolo à vista que se destaca em meio às folhagens verdejantes.

Vermelho e verde.

Essas palavras não dizem nada para você, mas para mim existe muita coisa nessas duas cores, parece haver um anseio por aquilo que contêm, e acredito que esse é um dos motivos que me levaram a ser escritor, porque conheço muito bem esse anseio e compreendo que é uma coisa importante, mas não sei expressá-lo e portanto não sei o que é. Eu tentei, mas capitulei. A capitulação foram os livros que publiquei. Um dia você pode lê-los, e assim talvez você entenda o que eu quero dizer.

O sangue que corre nas veias, a grama que cresce na terra, as árvores, ah, as árvores que balançam ao vento!

Essas coisas fantásticas, que você logo há de ver e conhecer, são facilmente esquecidas, e existem quase tantas maneiras de esquecê-las quanto existem pessoas. É por isso que escrevo este livro para você. Eu quero mostrar a você o mundo da maneira como é, ao nosso redor, o tempo inteiro. Essa é a única forma que tenho de vê-lo.

O que faz com que valha a pena viver?

Nenhuma criança se faz essa pergunta. Para as crianças a vida está dada. A vida fala por si própria: não importa se aquilo que diz é bom ou ruim. É assim porque as crianças não veem o mundo, não observam o mundo, não refletem sobre o mundo, mas encontram-se de forma tão intensa no mundo que não percebem o que as separa. Apenas quando isso acontece, quando surge um distanciamento entre aquilo que são e aquilo que é o mundo, surge a pergunta: o que faz com que valha a pena viver?

Será a sensação de acionar a maçaneta e abrir a porta, senti-la abrir para dentro ou para fora em direção aos corredores, sempre leve e disposta, para então adentrar um novo cômodo?

Sim, a porta se abre como uma asa, e isso é o bastante para que valha a pena viver.

Quando se vive muitos anos, a porta está dada. A casa está dada, o jardim está dado, o céu e o mar estão dados, até mesmo a lua que paira no céu e brilha sobre os telhados à noite está dada. O mundo fala por si, mas não lhe damos ouvidos, e como já não vivemos em suas profundezas e não o percebemos como parte de nós mesmos, é como se ele desaparecesse para nós. Abrimos a porta, mas isso não significa nada, não é nada, não passa de uma coisa que fazemos para ir de um cômodo ao outro.

Eu quero mostrar a você o mundo em que vivemos da maneira como é agora: a porta, o assoalho, a pia e o tanque, a cadeira de jardim apoiada na parede sob a janela, o sol, a água, as árvores. Você há de vê-lo do seu próprio jeito, você há de criar as suas próprias experiências e viver a sua própria vida, então é acima de tudo para mim que eu faço isso: mostrar o mundo a você faz com que valha a pena viver a minha vida.

SETEMBRO

Maçãs

Por um motivo ou outro as frutas do Norte são acessíveis e têm apenas uma casca fina e facilmente perfurável a envolver a polpa; isso vale para maçãs e peras e também para ameixas, basta empanturrar-se, enquanto as frutas que crescem mais ao sul com frequência são cobertas por cascas mais grossas que não podem ser comidas, tais como laranjas, tangerinas, bananas, romãs, mangas e maracujás. Em situações normais, com base nas minhas outras inclinações na vida, prefiro estas últimas, tanto porque a ideia do prazer merecido pelo trabalho realizado é muito forte em mim como também porque sempre tive uma atração por tudo aquilo que é oculto e secreto. Morder um pedaço da casca no topo de uma laranja e sentir aquele gosto amargo espalhar-se num instante pela boca, para então enfiar o polegar entre a casca e a polpa e soltar um pedaço atrás do outro, às vezes, quando a casca é fina, em partes menores, outras vezes, quando a casca é grossa e a ligação com a polpa já se encontra desfeita, em uma única e longa tira, é de certa forma como um ritual. É quase como se a princípio estivéssemos no peristilo do templo e aos poucos nos movimentássemos rumo ao interior, quando os dentes enfim perfuram a membrana fina e brilhosa e o suco escorre pela boca, enchendo-a de doçura. Tanto o trabalho como o segredo, ou seja, a inacessibilidade, aumentam o valor do prazer. A maçã é a exceção a essa regra. Basta estender a mão, pegar a maçã e cravar-lhe os dentes. Não há nenhum trabalho, nenhum segredo, apenas o prazer imediato, a libertação quase explosiva do gosto marcante, refrescante e azedo, mas assim mesmo também sempre doce da maçã na boca, capaz de enregelar os nervos e por vezes também levar os músculos do rosto a contrair-se, como se a distância entre o ser humano e a maçã tivesse a dimensão exata para que esse choque em miniatura jamais desapareça, não importa quantas maçãs uma pessoa já tenha comido na vida.

Quando eu era pequeno, comecei a comer as maçãs inteiras. Não apenas a polpa, mas também o miolo com todas as sementes e até mesmo a haste. Não porque fosse bom, acho eu, nem porque eu achasse que não podia desperdiçar aquilo, mas porque comer o miolo e a haste funcionavam como uma resistência ao prazer. Era como um trabalho, mesmo que em ordem inversa: primeiro a recompensa, depois o esforço. Para mim até hoje é impensável jogar fora um miolo de maçã, e quando vejo as crianças fazerem isso — pois às vezes jogam fora maçãs deixadas pela metade — me sinto indignado, mesmo sem dizer nada, porque quero que abracem a vida e tenham com ela uma relação plena. Quero que sintam que é fácil vivê-la. Por isso eu também mudei de atitude em relação às maçãs, não como um ato da vontade, mas como resultado de ter visto mais e compreendido mais, segundo acredito, porque agora eu sei que nunca se trata do mundo em si mesmo, mas apenas da maneira como nos relacionamos com ele. Em contraste ao segredo existe a abertura, em contraste ao trabalho existe a liberdade. No domingo passado fomos à praia que fica a dez quilômetros daqui, foi um daqueles dias no início do outono em que o verão se intromete e enche quase tudo de calor e tranquilidade, enquanto todos os turistas já tinham ido embora muito tempo atrás e a orla estava vazia. Levei as crianças a dar um passeio na floresta que cresce junto à faixa de areia e consiste principalmente de árvores decíduas, mas tem um ou outro pinheiro de tronco avermelhado. O ar estava quente e imóvel, e o sol pairava saturado de luz em meio ao tênue céu azul-escuro. Avançamos por uma trilha e lá, no meio da floresta, havia uma macieira carregada de maçãs. As crianças ficaram tão surpresas quanto eu, porque macieiras crescem em jardins, não em uma floresta selvagem. Podemos comer essas maçãs?, as três me perguntaram. Eu disse, claro que podem. Compreendi naquele vislumbre repentino, repleto de alegria e tristeza, o que é a liberdade.

Vespa

A vespa tem um corpo bipartido, em que a parte traseira é formada mais ou menos como um cone levemente arredondado de superfície lisa e brilhosa enquanto a parte dianteira é mais redonda e tem apenas um terço do tamanho, mas é dela que saem as patas, as asas e as antenas. O padrão amarelo e preto, a superfície brilhosa e a forma de cone arredondado fazem com que a parte traseira se assemelhe a um ovo de Páscoa, ou talvez a um ovo Fabergé em miniatura, pois se a observarmos com atenção descobrimos que o padrão é muito regular e muito bonito; as finas linhas amarelas separam as listras pretas, e onde há pontos pretos junto às listras o conjunto parece um ornamento minuciosamente pintado. A dureza, que para nós não é muita, já que não é preciso mais do que uma leve pressão com os dedos para que o exoesqueleto estoure e as vísceras macias escorram, mas que no mundo das vespas deve ser uma verdadeira couraça, faz-nos pensar em uma armadura, e quando a vespa chega voando com seis patas, dois pares de asas e duas antenas, é quase como um cavaleiro em panóplia completa. Foi o que pensei na semana passada, quando o tempo estava bom como no verão e eu resolvi aproveitar a oportunidade e pintar a parede oeste da casa. Eu sabia que havia um vespeiro no duto de ventilação, porque com frequência ouvíamos zumbidos no lado de fora da parede quando nos deitávamos à noite e o barulho parava justamente naquele ponto, onde as vespas entravam, e de vez em quando elas apareciam no interior do quarto, mesmo com a janela e a porta fechadas. Quando abri a escada e, com o balde e o pincel numa das mãos, cheguei alto o suficiente para alcançar a entrada de ar localizada sob a cumeeira, eu não estava pensando nelas, porque mesmo que vivessem a apenas um metro da nossa cama, jamais haviam se voltado contra nós, era como se não existíssemos para elas, ou não passássemos de um detalhe secundário na vida que levavam. Mas naquela tarde foi diferente. Eu mal havia começado a pintar quando ouvi um arranhar no duto de ventilação; uma vespa saiu caminhando, decolou, voou talvez vinte metros para cima, onde parecia apenas um pontinho escuro no azul do céu, e então investiu diretamente contra mim, enquanto mais uma vespa saía do duto de ventilação, e a seguir outra, e depois outra. No total, cinco vespas voavam ao meu redor. Tentei espantá-las com a mão esquerda, tomando cuidado para não cair, mas logicamente não adiantou nada. As vespas não me picaram, mas os movimentos próximos e os zumbidos irritados foram o bastante para me fazer descer e fumar um cigarro para então pensar no que fazer a seguir. Havia algo de indigno na situação, pois em relação a mim as vespas eram minúsculas, pouco maiores do que a última falange dos meus dedos, e consideravelmente mais finas. Peguei o mata-moscas na cozinha e subi mais uma vez. Assim que embebi o pincel na tinta grossa e vermelha e dei as pinceladas iniciais, o arranhar começou outra vez. Logo a primeira vespa saiu do passadiço, alçou voo e começou a me rondar; em seguida eu estava mais uma vez cercado. Desferi golpes contra as vespas e acertei duas, mas como estavam no ar o único efeito foi tirá-las da rota. Não consegui pintar quase nada. Desisti, virei a tinta de volta no balde maior e limpei o pincel. Horas mais tarde eu subi a escada com todo o cuidado, fechei o duto com fita adesiva, tornei a descer, entrei depressa em casa e subi ao quarto, onde também fechei a entrada de ar com fita. Quando nos deitamos naquela noite, o zumbido continuou. Na noite seguinte também. Mas depois tudo ficou em silêncio.

Sacolas plásticas

Como o plástico tem um tempo de decomposição muito longo, como a quantidade de sacolas plásticas no mundo é enorme e torna-se ainda mais enorme a cada dia que passa e como esses objetos são leves e recebem o vento como uma vela ou como um balão, encontramos sacolas plásticas nos lugares mais inesperados. Ontem, quando estacionei o carro depois de fazer as compras, havia uma sacola tremulante pendurada no telhado de casa; a alça prendera-se a uma trepadeira que cresce por lá. Dias antes, quando eu estava plantando quatro pés de groselha que havia comprado, depois de cavar buracos a poucos metros da cerca em um dos lados do terreno, me deparei com uma camada de telhas quebradas e tiras de plástico, que pelo logotipo identifiquei como sacolas de compras. Não faço e menor ideia de como foram parar lá, mas foi uma visão meio inquietante, porque aquele plástico fino, branco e liso na terra preta e farelenta era visivelmente um corpo estranho. A característica da terra de transformar tudo aquilo que cai nela em uma parte de si não vale para o plástico, que é fabricado de maneira a repelir tudo: a terra desliza sobre a superfície do plástico, sem encontrar pontos aos quais possa se firmar, e com a água ocorre a mesma coisa. As sacolas plásticas parecem ser intocáveis, encontram-se por assim dizer separadas de tudo, inclusive da implacável passagem do tempo. Um toque de tristeza atravessou o meu corpo naquele instante, sem que eu soubesse direito por quê. Pode ter sido a ideia de poluição, pode ter sido a ideia da morte ou pode ter sido a ideia de que afinal de contas eu não conseguiria plantar os pés de groselha por lá. Provavelmente foi um pouco de tudo. Quando enfiei a pá na terra logo adiante e comecei a cavar um buraco por lá, comecei a refletir sobre por que quase todos os pensamentos e associações despertados em mim seguiam o mesmo caminho e acabavam sempre em problemas, inquietações e trevas em vez de em alegria, leveza e luz. Uma das coisas mais bonitas que eu vi em toda a minha vida foi uma sacola plástica que flutuava na água perto de um trapiche numa ilha em alto-mar, então por que eu não tinha feito nenhuma associação a essa visão? A água estava muito límpida, como fica quando o clima está frio e calmo, tinha uma leve coloração esverdeada e a sacola plástica flutuava a uns três metros de profundidade, imóvel e tranquila. Não se parecia com nada a não ser consigo mesma, nenhuma criatura, nenhuma água-viva, nenhum balão de ar quente, era apenas uma sacola plástica. E assim mesmo eu parei e fiquei olhando. Foi em Sandøya, a ilha mais afastada do arquipélago de Bulandet, na costa de Vestlandet. Além de mim, somente três pessoas moravam por lá. O ar estava gelado, e o trapiche encontrava-se em parte coberto pela neve. Eu costumava ir até lá todos os dias, atraído pelo mundo submarino em que cabos e correntes desapareciam, pela limpidez e pela inacessibilidade daquele mundo. Estrelas-do-mar, amontoados de conchas, algas marinhas, porém acima de tudo o espaço em que surgiam, o mar, que do outro lado da ilha chocava-se contra a terra em ondas longas e pesadas, mas que naquele ponto mantinha-se imóvel entre o paredão de escolhos e o paredão do cais, estendido sobre o leito de areia, ou seja, na região portuária, que era preenchida por aquela transparência. Quer dizer, a água não era transparente por completo, havia uma certa refração da luz, mais ou menos como aquela provocada por um vidro grosso, de maneira que a sacola plástica branca, que durante todo o tempo em que estive lá manteve-se absolutamente imóvel entre a superfície e o fundo, brilhava com um matiz levemente esverdeado, sem a definição que o plástico branco adquire em terra, sob a luz do dia, quando não há nada além de ar entre o plástico e a luz, mas parecia velada e por assim dizer atenuada.

Por que foi tão difícil tirar os olhos daquela sacola plástica submersa?

Aquela visão não me deu alegria, eu não saí de lá alegre. Tampouco saí de lá satisfeito, nada se aplacou em mim, como acontece quando saciamos a fome ou a sede. Mas foi bom vê-la, como é bom ler um poema que acaba com uma imagem concreta, e por assim dizer materializa-se nessa imagem, de maneira que aquilo que tem de inexaurível possa se revelar sem empecilhos. Cheia d'água e com as alças para cima, aquela sacola flutuava metros abaixo da superfície naquele dia em fevereiro de 2002. Aquele instante não foi o início de nada, sequer de um insight, e tampouco foi o fim do que quer que seja, mas pode ter sido isso o que eu pensei enquanto cavava a terra dias atrás, que eu estava no meio de alguma coisa, e que assim permaneceria.

Sol

Todos os dias desde que nasci o sol esteve sempre lá, mas assim mesmo eu nunca me acostumei de verdade a ele, talvez porque seja muito diferente de todas as outras coisas que a gente conhece. O sol é um dos raros fenômenos da nossa vida cotidiana do qual não podemos nos aproximar, pois nesse caso seríamos reduzidos a nada, e tampouco podemos enviar sondas, naves ou satélites para lá, porque também seriam reduzidos a nada. O fato de que tampouco podemos olhar diretamente para o sol a olho nu sem ficarmos cegos ou prejudicarmos a visão às vezes parece uma contingência desarrazoada, quase uma humilhação: lá no alto, no campo de visão de todas as pessoas e de todos os animais em toda a terra, paira um corpo celeste em chamas, e não podemos nem ao menos *olhar* para ele! Mas é assim mesmo. Se olharmos ainda que poucos segundos diretamente para o sol, nossas retinas enchem-se de pontinhos pretos e trêmulos, e se mantivermos o olhar fixo, o preto se espalha pelo interior do olho como nanquim em mata-borrão. Acima de nós paira então um globo incandescente, que não apenas traz toda a luz e todo o calor que conhecemos, mas além disso é a origem e a base de toda a vida, ao mesmo tempo que se mantém absolutamente inatingível e completamente indiferente a tudo aquilo que criou. É difícil ler sobre o deus monoteísta no Antigo Testamento sem pensar nessa forma. Uma das características essenciais na relação entre os homens e Deus é que os homens não podem olhar diretamente para Deus, mas devem baixar a cabeça. A própria imagem da presença de Deus na Bíblia é o fogo, que representa o divino, mas simultaneamente também é sempre o sol, uma vez que todo o fogo e todos os incêndios aqui na terra têm origem no sol. Deus é o movimentador imóvel, escreveu Tomás de Aquino, e seu contemporâneo Dante descreveu o divino como um rio de luz e terminou a *Divina comédia* com um vislumbre do próprio Deus na forma de um círculo eternamente brilhante. Foi dessa forma que os homens na terra, que sem a religião não passam de criaturas fortuitas, tornaram-se escravos, nessas condições, de uma coisa repleta de sentido, enquanto o sol transformou-se em uma simples estrela. Mas enquanto diferentes conceitos de realidade ascendem e caem, surgem e desbotam, a própria realidade mantém-se inexorável, em condições imutáveis: no oriente surge a aurora, aos poucos a escuridão cede e, enquanto o ar se enche com o canto dos pássaros, o sol brilha por trás das nuvens, que vão do cinza ao rosa ao branco reluzente, enquanto o céu que minutos atrás era cinzento torna-se azul e os primeiros raios banham o jardim em luz. Esse é o dia. As pessoas cuidam de seus afazeres, as sombras tornam-se primeiro mais curtas e depois mais compridas à medida que a terra gira. Quando jantamos no pátio, sob a macieira, o ar está sempre cheio de vozes de criança, tilintar de talheres, farfalhar de folhas na brisa suave, e ninguém percebe que o sol paira acima do telhado da casa de hóspedes, já não mais em amarelo flamejante, mas num tom de laranja que arde em silêncio.

Dentes

Quando nascem os primeiros dentes, essas pedrinhas que aos poucos se espremem para fora da gengiva vermelha da criança e a princípio revelam-se como saliências para depois se erguerem como torres brancas na boca, é difícil não se admirar, pois de onde vêm? Nada do que a criança consome, principalmente leite, mas também purê de banana e purê de batata, tem a menor semelhança com os dentes, que ao contrário desses alimentos são duros. De qualquer modo, deve ser assim mesmo, substâncias devem ser retiradas desses alimentos líquidos e macios e levadas para as gengivas, onde se misturam para formar o material de que os dentes são feitos. Mas como tudo isso acontece? Que a pele e a carne, que os nervos e os tendões formem-se e cresçam talvez seja um mistério igualmente profundo, mas não é essa a impressão que temos. Os tecidos são macios e vivos, as células estão abertas umas às outras e também ao mundo, em uma relação de troca. A luz, o ar e a água são capazes de atravessá-las em pessoas e animais e também em plantas e árvores. Mas os dentes são totalmente fechados, afastam tudo de si e encontram-se mais próximos do universo mineral das montanhas e das pedras, do cascalho e da areia. Mas afinal qual é a diferença entre pedras que se formam a partir de lava arrefecida, polida pela ação da água e do vento por milhões de anos, ou pedras que são formadas a partir de um processo de sedimentação infinitamente lento, em que uma substância a princípio macia é pressionada e transforma-se em um material duro como diamante, e as pequenas pedras esmaltadas que agora mesmo, enquanto escrevo, crescem nas gengivas do meu filho e das minhas filhas enquanto dormem no escuro? Para as duas mais velhas, ganhar e perder dentes tornou-se uma rotina. Mas para o mais novo o processo ainda é repleto de atenção e emoção. Perder o primeiro dente é um grande acontecimento, e o segundo e o terceiro também, mas logo a coisa inflaciona e os dentes parecem simplesmente cair da boca, soltando-se à noite na cama, de forma que na manhã seguinte eu tenho que perguntar de onde veio a mancha de sangue no travesseiro, ou então durante a tarde, na sala, enquanto se come uma maçã. "Aqui, papai", uma das crianças pode me dizer enquanto me entrega um dente, que então cerro no punho e levo para a cozinha. O que fazer com o dente? Paro em frente à bancada enquanto através da janela a tênue luz do céu de outono brilha de leve sobre a torneira e a pia à minha frente. O minúsculo dente, perfeitamente branco com a raiz vermelho-escura de sangue, delineia-se com uma clareza quase obscena sobre a pele vermelho-pálida da mão. Parece errado jogá-lo fora. O dente é uma parte dela. Mas ao mesmo tempo não posso guardá-lo, pois o que faríamos com ele? Pegar uma caixinha cheia de dentes tilintantes quando formos velhos e lembrar de como as crianças eram quando pequenas? Os dentes não envelhecem como o restante do corpo, são intocáveis também em relação ao tempo; naquele dente ela tem dez anos para sempre. Abro a porta do armário sob a pia e deixo o dente escorregar para a lata de lixo, onde cai em cima de um filtro de café usado, manchado pela borra que ainda guarda. Pego uma caixa de cereal amassada e a coloco em cima, para que o dente não fique visível.

Toninhas

Estávamos no fiorde em um barco a remo e o céu estava cinza e pesado. À nossa frente estava o Lihesten, uma encosta alta e vertical com centenas de metros de altura que se ergue a prumo desde o fiorde, que a partir de certos pontos revela-se como um paredão escuro e cor de ardósia nas profundezas da névoa. Meus cabelos estavam saturados de umidade. Se eu passasse um dedo na manga do sueste, a água se acumulava, deixando um rastro. O ranger dos remos e as pancadas contra as forquetas pareciam especialmente nítidos; os sons que em geral saíam do barco e dissipavam-se sobre as superfícies abertas eram naquele momento contidos e envoltos pela névoa, que também impedia outros sons de chegar até nós. Quando meu avô parou de remar e puxou os remos para dentro, tudo ficou em silêncio. A água movimentava-se devagar, em grandes listras ondulantes, e a superfície parecia quase lisa. Eu e o meu primo soltamos as chumbadas, que afundaram nas profundezas abaixo de nós. Mas logo um murmúrio pareceu surgir em um lugar próximo. Meu primo olhou para cima. Meu avô a princípio não teve reação nenhuma. O barulho aumentou e um leve chapinhar acrescentou-se ao murmúrio; alguma coisa se aproximava pela água. Meu primo apontou e meu avô se virou. A poucos metros de nós, os pescoços e os dorsos de um grupo de animais marinhos surgiam e tornavam a desaparecer na superfície.

Dentro de mim, alguma coisa se elevou.

Eram cinco ou seis animais que nadavam juntos e davam a impressão de abrir sulcos na água, que embranquecia de leve toda vez que se erguiam acima da superfície. Nunca vou me esquecer daquele murmúrio. Nem da visão, da maneira como deslizaram ao nosso lado pela água, com movimentos que pareciam ao mesmo tempo alegres e concentrados. A pele lisa e acinzentada, os corpos atarracados, do tamanho de uma criança, o vislumbre daquilo que deviam ser olhos — pequenas formas arredondadas acima dos focinhos protuberantes. E as bocas, que pareciam sorrir.

Mais tarde, quando todos desapareceram, meu avô disse que ver toninhas era sinal de sorte. Ele dizia essas coisas, acreditava em presságios e augúrios, porém mesmo que eu gostasse de ouvi-lo, nem por um instante me ocorreu que pudesse ser verdade. Mas hoje eu acho que era. Afinal, o que sabemos sobre como a sorte e o azar são distribuídos? Quando acontece na esfera humana, como a maioria das pessoas talvez pense nessa época racional, de criarmos nós mesmos a nossa sorte e o nosso azar, a questão passa a ser quem seríamos "nós mesmos" numa época como essa — sendo que não passamos de um amontoado de células que concretizaram uma predisposição hereditária e modificaram-se por meio da experiência, e que então foram ativadas e desativadas por meio de pequenas tempestades eletroquímicas para que determinadas coisas fossem sentidas, pensadas, ditas e feitas? E que as consequências externas desse processo resultam em uma nova tempestade interna e em uma nova sequência de emoções, pensamentos, manifestações e ações? Uma redução dessas é absurda e mecanicista, porém não mais absurda e mecanicista do que a redução das toninhas a animais marinhos com determinadas características e determinados padrões comportamentais, pois todos aqueles que tiveram a experiência de vê-las surgir não apenas das profundezas, mas também do tempo, inalteradas há milhões de anos, sabem que vê-las é ser tocado, que é como se pegassem você pelo braço e assim você soubesse que foi escolhido.

Gasolina

Nos dias chuvosos de outono, quando o céu estava cinzento, os abetos na floresta verde-escuros e o asfalto da estrada preto, e todas as outras cores estavam desbotadas pela escassez de luz e pela umidade, a gasolina às vezes derramava-se na estrada e brilhava com as cores mais inusitadas e fantásticas. A gasolina é tão diferente de tudo aquilo que conhecemos que poderia muito bem ter vindo de outro mundo. Um mundo esplendoroso e cheio de aventuras, poderíamos imaginar, generoso e repleto de cores. Generoso porque o jogo de cores da gasolina, que surgia e desaparecia de uma forma que parecia aleatória, estava sempre ligado aos lugares mais vazios e mais feios. Esse jogo de cores jamais se revelava em gramados ou pátios, em escolhos ou praias, mas aparecia sempre em estacionamentos e estradas de cascalho ou asfalto, pequenas marinas e canteiros de obra. No espelho d'água tornado cinzento e opaco pela ação da poeira de cascalho que se acumulava nas poças, a gasolina de repente flutuava, separada da água e de tudo mais nos arredores, e se você enfiasse um graveto novas cores surgiam — púrpura, lilás, azul-real —

em padrões repletos de lagunas e sinuosidades, com a beleza das conchas ou das galáxias. Eram um mistério em si mesmas, aquelas sinuosidades coloridas, espelhadas e de movimentos leves, como que uma imagem do próprio mistério. Especialmente porque todo mundo sabia que a gasolina não tem cor. Todo mundo já tinha visto gasolina ser despejada de um galão através de um funil para o tanque de um dos barcos nos trapiches. Nessas horas a gasolina era incolor e transparente, ao mesmo tempo que fazia o ar ao redor tremular. E todo mundo conhecia a enorme força da gasolina. As gigantescas escavadeiras que limpavam pedras dinamitadas, que enfiavam as lâminas bem no meio das pedras e levantavam-nas enquanto davam ré, para então largá-las rolando na caçamba do caminhão, eram movidas a gasolina, e o caminhão que logo sairia carregado pela estrada era movido a gasolina, bem como as cegonheiras e os ônibus e os navios petroleiros e os aviões. As lanchas de competição, que no estreito pareciam voar por cima das ondas, eram movidas a gasolina, e também os carros de corrida sobre os quais líamos, mesmo sem jamais tê-los visto. Isso sem falar dos carros dos nossos pais, esses veículos largos que andavam todos os dias pelas estradas, assim como as motocicletas e *mopeds* que os jovens dirigiam. Limpa-neves, tratores, escavadeiras, motosserras, motores de popa. Todos os veículos e toda a força que nos rodeava, todos os motores que rugiam, vibravam e ribombavam eram movidos a gasolina. Que a gasolina fosse obtida a partir do petróleo, extraído de reservas nas profundezas da terra, que por sua vez consistia de matéria orgânica que remontava a uma época em que ainda não existiam pessoas, mas apenas dinossauros, essas criaturas gigantescas porém simples, quando as árvores e plantas também eram maiores e mais simples, e que fosse essa força pré-histórica da zoologia e da biologia o que se revelava ao nosso redor fazia sentido — a afinidade entre uma escavadeira e um dinossauro era óbvia para qualquer criança —, porém não a relação entre a força e a beleza enigmática dos pequenos espelhos trêmulos e coloridos nas muitas poças d'água dos anos 70.

Rãs

No verão fomos a um aniversário de sessenta anos. O aniversário foi celebrado em um salão perto de um fiorde em Vestlandet, próximo ao mar. Havia chovido durante o dia inteiro, e ainda estava chovendo quando voltamos à noite. Corremos até o carro pela estradinha molhada e largamos nossas mochilas no porta-malas enquanto as crianças, entorpecidas de cansaço e aborrecimento, afivelavam os cintos de segurança na van que eu tinha alugado para aquela semana. A chuva se derramava por todo aquele panorama escuro. A escuridão era do tipo que surge apenas em circunstâncias como aquela, porque em geral as noites de verão por lá são claras, por assim dizer apenas cobertas por um véu de escuridão, que nem ao menos é preto, mas azul, e de certa forma leve. A neblina e as nuvens carregadas, que haviam pairado como uma tampa sobre a depressão entre as montanhas durante todo aquele dia, conferiam solidez à escuridão, embora não uma solidez completa, porque no meio daquele ar cinzento e úmido era possível divisar os espruces ao nosso redor, e *eles* pareciam pretos como a noite.

Dei a partida na van, liguei o farol alto e comecei a dirigir pela estradinha asfaltada. A estrada avançava pelo fiorde, tão estreita que era necessário parar toda vez que vinha um carro no outro sentido, e por vezes até mesmo dar ré até o recuo mais próximo, e em certos pontos a única proteção contra as encostas e escarpas eram fileiras de pedras dispostas à moda antiga. A luz dos faróis partia a escuridão à nossa frente e dava-nos a impressão de que estávamos avançando por um túnel sem fim. A estrada saía do fiorde, subia por um vale, atravessava uma montanha e, após descer no outro lado, juntava-se novamente a outro fiorde, que seguia por outros vinte quilômetros.

De repente começaram a surgir pedrinhas cinzentas no asfalto. Minha filha, que estava imóvel ao meu lado, olhando para a estrada, como que hipnotizada pela luz em meio à escuridão, de repente disse que as pedras estavam se mexendo. Logo eu também percebi. As pedrinhas estavam saltando pelo asfalto. Não eram pedras, mas rãs. E surgiam em número cada vez maior. Em certos pontos talvez houvesse trinta, quarenta delas no asfalto à nossa frente. Era impossível desviar de todas nos pontos em que se encontravam mais amontoadas, e fui obrigado a atropelá-las. Por muitos quilômetros as rãs continuaram a surgir, eram várias centenas, naquela noite todas saíam da vala, atravessavam o asfalto e desciam no outro lado. Era a chuva que provocava aquilo? Ou era a época do ano? Será que, uma noite a cada verão, todas elas moviam-se em grupo para uma nova região? Provavelmente eu jamais saberia, pensei enquanto dirigia a van em meio à chuva e à escuridão ao longo da estrada que serpenteava pelo fiorde. Como acontece a todos os anfíbios, parecia haver um elemento ancestral naquelas rãs, que vinham de um tempo diferente do nosso, de um mundo mais simples, pois também as árvores e as plantas eram mais primitivas naquela época, e o fato de que ainda estivessem por aqui, ao contrário de quase todas as outras criaturas que existiam antes, devia-se à sua forma de vida incrivelmente eficaz, que não se deixara influenciar por todas as transformações que o mundo sofreu desde então. Para as rãs o mundo de hoje devia ser idêntico ao mundo de então, porque viam, faziam, pensavam e sentiam o mesmo, e essa imutabilidade, em que não existia nem passado nem futuro, em princípio não era diferente daquela que se poderia encontrar em criaturas mais recentes, como esquilos ou texugos, a não ser pela duração infinitamente maior. De qualquer modo, era um choque vê-las de perto, como na vez em que eu dava um passeio na floresta com a turma do jardim de infância das minhas filhas, e de repente em meio às folhas havia um monte de pequenas rãs saltitantes. Um dos outros pais pegou uma e estendeu-a na mão para que as crianças pudessem vê-la. Havia algo de repulsivo naquela criatura — talvez os olhos, que encerravam tudo aquilo que relacionamos ao mal. Eram olhos frios e vazios, que não revelavam alma nenhuma, como fazem por exemplo os olhos de um gato. Aqueles olhos não viam pessoas, mas outra coisa, que jamais vamos saber o que é.

Igrejas

Das colinas acima de Glemmingebro, onde moramos, veem-se três igrejas no panorama. Uma de tijolo à vista com uma flecha cor de cobre, a igreja de Glemminge, que remonta à virada do século, quando demoliram a igreja antiga, pequena demais para o vilarejo cada vez maior, e duas que remontam à Idade Média, caiadas e sem flecha, as igrejas de Ingelstorp e Valleberga. Essas duas igrejas foram construídas numa época em que cada vilarejo minúsculo era uma unidade própria, com as casas baixas ao redor da igreja como patinhos ao redor da pata, cercadas por lavouras em todos os lados, e ainda que a estrutura seja a mesma, o significado já não existe, embora ofereça um testemunho de uma forma antiga de viver e pensar. Nada mais se concentra num único lugar, como a igreja simbolizava, onde o batizado, a confirmação, o matrimônio e o sepultamento eram celebrados para os habitantes que lá se reuniam todos os domingos, nos rituais típicos do sedentarismo, sob um céu imutável. A terra nesse ponto é uma das mais férteis em toda a Europa, e o clima é agradável, o que em outras épocas era sinônimo de riqueza; até o menor dos vilarejos tinha uma igreja própria. Hoje a riqueza encontra-se nas cidades; por aqui há casas à venda em toda parte, a preços baixos. Lojas, bibliotecas e escolas são desativadas. A terra ainda é cultivada, embora com margens pequenas e apenas por uns poucos camponeses. É nisso que penso enquanto dirijo por esse cenário, que a aparência de quase tudo aquilo que vejo é mais ou menos a mesma do século XIX. Igrejas, vilarejos interioranos, lavouras extensas, grandes árvores decíduas, o céu, o mar. E assim mesmo tudo é diferente. A tristeza que sinto não apenas é imotivada, uma vez que não tenho nenhuma vivência do século XIX, como também diminui a minha alegria em relação a tudo aquilo que existe, tudo aquilo que temos, em um grau tão profundo que deveria ser classificado como uma doença. A nostalgia, o anseio por aquilo que existiu outrora, a doença da sombra. O sentimento natural correspondente é o desejo por aquilo que ainda não existe, pelo futuro repleto de força e esperança que não é impossível, não mantém nenhuma relação com aquilo que foi perdido, mas apenas com aquilo que pode ser conquistado. E talvez seja esse o motivo para que a minha nostalgia seja tão profunda, porque a utopia sumiu da nossa época, de maneira que o anseio não pode mais se orientar rumo ao futuro, mas apenas rumo ao passado, onde toda essa força se concentra. Vistas sob essa perspectiva, as igrejas eram também obras de engenharia espiritual, pois não apenas tornavam visível a identidade local como também representavam um outro nível de realidade, o nível divino, que se encontrava no centro de toda a faina cotidiana, e que se mantinha aberto ao futuro, ao dia em que o reino do céu enfim surgisse na terra. O fato de que já ninguém procura esse nível de realidade divino e de que as igrejas se encontram vazias significa que já não são mais necessárias. E o fato de que não são mais necessárias significa que o reino do céu já chegou. Não há mais nada pelo que ansiar senão o anseio em si mesmo, e as igrejas vazias que vejo daqui são hoje o símbolo disso.

Mijo

Mijar é uma das atividades mais rotineiras que existe. No momento em que escrevo, vivi cerca de dezesseis mil e quinhentos dias. Se calcularmos que em média eu tenha mijado cinco vezes por dia, o número total de vezes que mijei fica em torno de oitenta mil. Em nenhuma dessas vezes me admirei com o fenômeno, em nenhuma dessas vezes percebi-o como estranho, como às vezes acontece em relação a outras funções e fenômenos do corpo, como por exemplo as batidas do coração ou os impulsos elétricos do cérebro, mesmo que mijar seja para o corpo uma atividade extraordinária, porque o liga ao mundo exterior, que através da mijada transforma-se em uma coisa que corre através de nós. Não, eu simplesmente me posto diante do vaso e mijo em cima da água que se encontra lá no fundo, que aos poucos muda de cor e de consistência: de reluzente e translúcida, a água passa a ser levemente amarelo-esverdeada ou amarelo-amarronzada, dependendo da concentração do mijo, e se enche de pequenas bolhas e borbulhas. O vapor que se ergue do vaso tem um leve cheiro de sal, e além disso o mijo contém outra coisa, um cheiro acre, mais forte quando está concentrado, e que, quando muitas pessoas mijam no mesmo lugar e o líquido evapora ou é absorvido pelo solo, forma uma parede de fedor. Esse fedor, intenso e repulsivo a ponto de ser insuportável por mais do que uns poucos segundos, está relacionado ao poder das massas, pois mesmo que o mijo do indivíduo faça parte daquilo que é repulsivo, jamais passa de uma sugestão, de uma coisa praticamente imperceptível, na qual também é possível encontrar satisfação. O fedor insignificante do próprio mijo relaciona-se com esse fedor maior aproximadamente da mesma forma como um único cigarro relaciona-se com a morte: com uma leve sensação de cócegas.

Mas, a despeito do quanto mijar seja rotineiro, e a despeito do quanto seja fácil, também é preciso aprender a mijar. Todos os que foram responsáveis por um bebê de colo sabem o que acontece quando o mijo ainda não pode ser controlado: a criança está deitada no trocador e de repente tudo começa a escorrer como um riacho de água dourada e reluzente a partir da fresta entre as pernas, no caso de uma menina, ou a jorrar como um chafariz de água dourada e reluzente da pequena bica, no caso de um menino, enquanto olham distraidamente para o nada e sorriem ou balbuciam, como se aquilo que acontece não lhes dissesse respeito. Poucos anos depois, se mijar nas calças, como se diz, passa a ser motivo de vergonha. De onde vem essa vergonha, eu não saberia dizer. Segundo a minha experiência, a vergonha surge mesmo que esses episódios sejam tratados como acontecimentos corriqueiros e sem nenhuma importância. Talvez a vergonha não venha do fato em si, mas do sentimento que provoca, o sentimento de não estar no comando, de não ser autônomo e independente — uma exigência invisível e inaudível, embora nem por isso menos profunda e absoluta —, mas antes uma coisa informe, fluida, descontrolada. A última vez em que mijei nas calças foi surpreendentemente tarde, e por isso me lembro de tudo com muitos detalhes. Eu tinha quinze anos e estava no nono ano. Estávamos fazendo uma excursão para esquiar com a minha turma eletiva de atividades ao ar livre. Era inverno, fevereiro ou março, e quando voltamos para a cabana à tarde inventamos uma competição: quem seria capaz de comer mais latas de abacaxi em calda? Eu ganhei, mas essa vitória teve um preço: eu estava tão cheio de abacaxi e calda de abacaxi que mal aguentava caminhar, e até hoje tenho problemas com o gosto e o cheiro. Depois nos deitamos para dormir, doze meninos e meninas, cada um em um saco de dormir no sótão. Acordei no meio da noite porque eu tinha me mijado. Minha cueca e minha ceroula estavam encharcadas. Fiquei apavorado quando compreendi o que tinha acontecido. Não seria possível imaginar nenhuma catástrofe pior do que ser descoberto. Eu tinha quinze anos, era apaixonado por uma das meninas que estava lá e tinha me mijado. Com toda a cautela eu saí do saco de dormir, também molhado, e de joelhos abri minha mochila a fim de pegar uma cueca limpa e uma toalha. Pela janela entravam os raios da lua cheia. Todos respiravam profundamente ao meu redor quando me esgueirei pelo sótão e desci ao térreo. Abri a porta com muito cuidado e saí. As estrelas cintilavam no céu mais acima, e o luar refletia-se na crosta de neve que se estendia para todos os lados. Fui até a lateral da cabana, tirei a roupa, passei a toalha nas minhas coxas e na minha virilha, que estavam molhadas, vesti uma cueca limpa, esfreguei a bola de tecido mijado na neve por diversas vezes, peguei uma sacola plástica na cozinha, enfiei as minhas roupas lá dentro e subi mais uma vez para me deitar, mas não sem antes colocar a última toalha limpa no saco de dormir, sobre a mancha com o tamanho de um frisbee. Quando enfim compreendi que ninguém tinha me visto e que ninguém jamais saberia o que aconteceu, a vergonha chocante sumiu e deu lugar a um forte mas estranho sentimento de alegria, pois quando a vergonha se foi pude me reconfortar com a impressão vaga mas assim mesmo clara que eu tivera durante o sono: meu Deus, como é bom se mijar.

Molduras

As molduras são as bordas do quadro e estabelecem o limite entre o que está e o que não está dentro dele. As molduras não fazem parte do quadro, mas tampouco fazem parte daquilo que está fora, como as paredes em que o quadro está pendurado. As molduras jamais aparecem sozinhas de maneira significativa; uma moldura sem quadro é vazia, uma forma de nada. As molduras têm um parentesco próximo com os caixilhos de janela e as armações de óculos, e de maneira um pouco mais distante com as paredes, as cercas, as baias, as fronteiras, as categorias. A moldura física, em geral de madeira, é feita sob medida por um moldureiro ou produzida em uma fábrica de molduras. Mas a moldura também é usada em sentido metafórico, como aquilo que determina um limite, como por exemplo no orçamento de um projeto de construção, falamos em moldura da economia, ou da cerimônia em um ritual, dentro de uma moldura tradicional. Em outras palavras, a moldura delimita um fenômeno, estabelece de maneira clara um dentro e um fora, e ao isolar dessa forma torna-se claramente definida, ou seja, torna-se uma coisa em si mesma. A moldura adquire uma identidade. A identidade é ser isto, e não aquilo.

Na natureza não existem molduras, todas as coisas e todos os fenômenos deslizam uns por cima dos outros, a terra é redonda, o universo é infinito e o tempo é eterno. As implicações dessa forma de ser não se revelam a ninguém, pois a natureza humana consiste em separar, categorizar, identificar e definir, limitar e emoldurar. Isso vale para as nossas vidas, que passamos em casa, nitidamente separados do mundo por um teto, um chão, paredes e, do lado de fora, quando moramos em uma casa, uma cerca ao redor do terreno. Isso vale para o nosso eu, que relacionamos ao corpo e aos limites do corpo, e a um determinado conjunto de pensamentos, convicções, ideias, opiniões e vivências. E isso vale para a nossa realidade, para aquilo que chamamos de mundo, e que dividimos em objetos e grupos de objetos, fenômenos e grupos de fenômenos que compreendemos a partir da maneira como diferem de outros objetos e de outros fenômenos. Essa diferença é uma moldura, que cria um dentro e um fora, e que não é em si mesma reconhecida como parte da realidade vista ou compreendida.

Essas molduras, sem as quais nem nós nem o mundo podem ser concebidos, encontram-se em todas as esferas da existência, e não apenas valem para aquilo que existe como também para aquilo que devia existir, pois até mesmo a forma como nos comportamos encontra-se dentro de uma moldura bem definida. Como a vida encontra-se em constante movimento, a intervalos regulares ocorrem conflitos entre aquilo que devemos fazer e aquilo que queremos fazer, e esses conflitos manifestam-se como um impulso de ir além das molduras dentro das quais nos encontramos. Se cedemos a esse impulso, tem início um período de ausência de limites enquanto novas molduras não forem postas em nossa vida. Assim é a vida do indivíduo, é isso o que se chama de rebeldia adolescente, que na vida da cultura se chama de revolta geracional ou revolução ou guerra. Em comum, todos esses movimentos trazem o anseio pela autenticidade, por aquilo que é genuíno, que é simplesmente o lugar em que as concepções da realidade e a própria realidade encontram-se e coincidem. Em outras palavras, uma vida, uma existência, um mundo sem molduras.

Crepúsculo

Enquanto escrevo, o crepúsculo está lá fora. Já não dá mais para ver a cor da grama nem a parede de madeira da casa no outro lado; só a parede caiada ainda reflete a luz em tons cinza-esbranquiçados. O céu acima dos tetos está mais claro; aqui embaixo a escuridão chega mais cedo. Uns trinta metros atrás dos telhados, na beira da estrada que passa em frente ao cemitério, erguem-se sete grandes árvores de galhos frondosos. Todos os detalhes na rede formada por esses galhos tornam-se visíveis contra o plano de fundo claro. Quando volto a minha atenção para a grama, já não se enxerga nada; a escuridão paira como um mar acima do pátio. E ao mesmo tempo é como se os cômodos da casa se tornassem mais nítidos, a luz amarela que os preenche brilha cada vez mais forte nas janelas. Há seis crianças lá dentro nesse entardecer; a menor acaba de se deitar com uma mamadeira nas mãozinhas, e agora deve estar dormindo. As crianças de seis e sete anos provavelmente estão na cama, jogando nos iPads enquanto falam em voz alta sobre o que estão fazendo. As duas crianças de oito anos, que há pouco subiram na cerca do jardim e então treparam numa árvore, devem estar na sala, assistindo à TV, enquanto a de dez anos, que acabou de chegar da casa de uma amiga, deitou-se na cama do segundo andar para jogar *The Sims*. Nenhuma delas pensa que a luz se afasta no lado de fora. Para as crianças esse é apenas mais um entre vários entardeceres nessa sequência interminável que constitui a infância. Daqui a duas ou três semanas elas ainda podem lembrar que jantamos lasanha, por exemplo, mas depois esse detalhe vai desaparecer da memória para sempre. Mas nem sempre é fácil saber o que vai ficar guardado. No fim de semana eu dei um passeio na cidade com a minha filha de oito anos e ela começou a me contar as lembranças que tinha de "quando era pequena", como ela mesma disse. Eram pequenos detalhes e vislumbres que ela mesma não sabia de onde vinham, se eram de Malmö, Estocolmo, Jølster ou dos lugares onde havíamos passado férias. Uma balaustrada em frente ao mar, um trenzinho que andava por um museu, um banco numa floresta onde ela tinha feito um piquenique. Do apartamento em Malmö, onde ela havia morado entre um e cinco anos de idade, o que ela recordou e descreveu foi o degrau que levava à porta da sacada, onde certa vez havia sentado.

Durante o tempo que levei para escrever essas linhas, duas mães estiveram aqui para buscar as filhas, e a escuridão no lado de fora tornou-se completa; tudo está preto. A única luz vem dos cômodos no outro lado das janelas, que daqui, da pequena casa onde me encontro, parecem um aquário. Sob a luminária na sala de jantar vejo a cabeça do meu filho de seis anos, que tem o corpo inclinado para a frente porque assiste ao episódio de uma série de TV no iPad. Minha filha de oito anos esteve agora mesmo na cozinha, e pela movimentação dela imagino que estivesse preparando um sanduíche aberto. Logo vou me levantar e ir ao encontro de todos, desligar a TV sob protestos e mandar que escovem os dentes para então ler uma história. Logo todos vão fechar os olhos deitados no escuro para esperar a chegada do sono, essa ponte que há de conduzi-los à manhã seguinte enquanto eu termino este texto sobre como foi o crepúsculo aqui em Glemmingebro na segunda-feira, 15 de setembro de 2013.

Apicultura

Cuidar de animais domésticos consiste em parte em trazer o animal para a esfera humana, por exemplo através da comunicação — basta um estalo dos lábios para que o cavalo ponha-se a trotear, uma canção triste para que as vacas recolham-se ao entardecer, uma ordem para que o cachorro sente-se —, e em parte em levar o humano para a esfera animal, oferecendo-lhes espaço e cuidando de suas necessidades. Construir estábulos para as vacas, dar-lhes feno e forragem e água, recolher o esterco, montar os cavalos, fazer um passeio com o cachorro, fazer um carinho no gato. No trato com os animais domésticos existe uma zona em que o humano e o animal se encontram. Em casos extremos esse encontro não existe, a aproximação se dá somente a partir de um lado, o homem vai ao encontro do animal e cuida de suas necessidades, mas o animal não vem ao encontro do homem, e a questão a resolver nesses casos é se ainda podemos falar em animais domésticos, ou se já se trata de outra coisa. A criação de visons é um desses casos-limite. O vison recebe comida, água e abrigo, mas permanece agressivo e assustado, e em nada se aproxima do humano; assim que a oportunidade surge, esses animais mordem a mão que os alimenta ou fogem de suas gaiolas rumo à floresta. O vison é mais um prisioneiro do que um animal doméstico. Tem medo das pessoas. A apicultura também é um desses casos-limite, embora por outros motivos. As abelhas não sabem que estão rodeadas pelo elemento humano, por cuidados, intenções e planos humanos. A apicultura tenta, no grau mais elevado possível, recriar o ambiente natural das abelhas para assim ter acesso e controle sobre um produto, o mel, bem como impedir que fujam. Ou melhor, fugir é uma palavra errada, uma vez que pressupõe uma vontade de se afastar, enquanto no caso das abelhas o que existe é um instinto natural de enxame, que cabe ao apicultor mitigar ou redirecionar. A comunicação com as abelhas é totalmente unilateral; enquanto o apicultor relaciona-se com as abelhas ao construir um mundo artificial para elas, as abelhas relacionam-se somente umas com as outras e com a realidade própria das abelhas. Se o apicultor for azarado ou desleixado ou de outra forma quebrar essa ilusão, as abelhas deixam a caixa em um enxame gigantesco e reconstroem a colônia em outro lugar. O problema para o apicultor é que não se pode oferecer às abelhas nada que não possam obter por si mesmas; esses insetos são perfeitamente autônomos, e a permanência nas caixas do apicultor não é um fato dado a priori. Quando retira as placas com mel, o apicultor é visto como um intruso qualquer e precisa considerar a chance de ser atacado. Para que essa forma especial de trato com um animal doméstico funcione, os apicultores desenvolveram uma sensibilidade extraordinária e aproximaram-se do mundo das abelhas tanto quanto possível, e é isso o que vemos quando, usando macacão branco, chapéu branco e tendo o rosto coberto por tela, fazem movimentos cautelosos e estranhos ao trabalhar com as caixas de abelha, naquela lenta e maravilhosa dança que revela a faceta mais respeitosa e possivelmente também mais bonita do homem.

Sangue

Boa parte do interior do corpo, dos órgãos e das cavidades macias, tem cores esmaecidas. Em certos lugares praticamente não há cor nenhuma, como se vê no cinza do cérebro, e em outros lugares há somente cores vagas, desbotadas e pouco nítidas. A paleta de cores é típica de tudo aquilo que cresce dentro ou embaixo de outra coisa. Os tecidos nas conchas, as minhocas na terra, as algas submersas. A exceção a essa regra no interior do corpo é o sangue, que com um matiz vermelho-vivo, forte e claro parece vir de fora e ter um parentesco mais próximo com o indiscutível verde da grama e com o azul do céu do que com o tom de cinza, bege ou marrom nas paredes do intestino. Quando pequeno, eu achava que o corpo era um recipiente para o sangue, ou seja, que havia uma grande quantia de sangue no interior, talvez porque a cor do sangue tenha uma dignidade que se distingue por completo do restante do corpo, que assim parece ser uma coisa subordinada, de segunda categoria, mais ou menos como o tom cinza do tarro claramente é subordinado e de segunda categoria em relação ao branco do leite, e claramente serve a este último. Hoje sei que o sangue representa uma parte relativamente pequena do volume total do corpo, e que em nenhum lugar existem grandes concentrações ou correntes, mas que, pelo contrário, o sangue espalha-se pelos minúsculos canais que atravessam o corpo como uma espécie de malha pela qual todos os tipos de gases e nutrientes são transportados. Assim como tudo que existe no corpo, à exceção parcial do cérebro, o sangue não sabe o que faz. Encontra-se em movimento contínuo, bombeado pelas veias graças às batidas do coração, e corre pela carne em dutos finos como o olho de uma agulha. Quando vemos sangue, quase sempre é como resultado de um problema no mundo externo: em uma tarde de setembro, a faca escapou da cebola e cortou o dedo, numa grande e fria construção onde havia caixotes de batata, cenoura e cebola, e o vermelho escorreu, acumulando-se em grandes gotas que pingavam sobre o chão de cimento. A menina subiu na cadeira, que virou para o lado do encosto, e bateu o rosto no chão, de maneira que a boca se encheu de sangue. Durante uma noite quente em agosto, depois que os relâmpagos haviam enchido o céu da cidade por horas, e os trovões haviam ribombado um após o outro, duas irmãs tiveram sangramento nasal enquanto dormiam no beliche, e tanto a fronha como a capa do edredom, com estampas do Moomin, acabaram manchadas de vermelho.

Ver a chegada do sangue pode ser banal, pode ser preocupante e pode ser catastrófico. O fato de que o sangue e a morte com frequência encontram-se próximos poderia ter feito com que o vermelho fosse a cor da morte, porém não foi o que aconteceu, o preto é a cor da morte, ligado à noite e ao nada, enquanto o vermelho, pelo contrário, é a cor da vida e do amor. Poucas coisas são mais bonitas de ver do que o sangue que sobe ao rosto de uma pessoa jovem e confusa para corar-lhe as bochechas ao encontrar os olhos de outra pessoa jovem.

Uma dessas coisas deve ser a grama verde que sob o céu azul tinge-se de vermelho com o sangue do herói moribundo, certa vez há muito tempo, em meio ao clamor da batalha, cujos sons tornam-se cada vez mais distantes para ele, à medida que as cores do mundo tornam-se cada vez mais pálidas, enquanto o corpo que minutos antes se encontrava trêmulo enfim descansa, branco como a neve.

Raios

No terreno espaçoso as vacas andavam e pastavam, e quando a chuva começou cinco delas separaram-se e buscaram abrigo debaixo de uma árvore. Um raio atingiu a árvore e os cinco animais caíram mortos. Eu vi a fotografia em um jornal, e por um motivo ou outro aquilo me causou uma impressão tão profunda, aqueles cinco corpos estendidos no chão ao redor de uma árvore, que ainda hoje me recordo. (Também pode ser que eu não tenha visto essa fotografia, mas simplesmente lido a respeito do acontecido e criado uma imagem na minha lembrança.) As pessoas também morrem atingidas por raios, mas são esses cinco corpos de vacas que eu recordo, talvez porque desconhecessem o risco de procurar abrigo sob uma árvore durante uma tempestade, talvez porque não soubessem o que eram aquelas luzes repentinas que de vez em quando iluminavam o céu e tampouco a associassem ao trovão que ribombava no céu logo a seguir. Os movimentos dos raios são mecânicos, uma luz intensa e um calor enorme de repente atravessam canais no céu, as forças liberadas são tremendas, e enquanto pensamos que uma pessoa atingida por um raio foi extremamente azarada, e assim mantemos esse tipo de acontecimento no horizonte humano, a ausência de consciência dos animais transforma a queda de um raio em um acontecimento aberto, que estabelece uma ligação entre tudo: a terra com a grama verde, a chuva que cai do céu cinzento, as vacas que se abrigam sob o velho carvalho, o trovão que estrondeia no céu, a descarga elétrica que desce em direção à árvore e é conduzida até subir novamente por aqueles corpos, cujos enormes corações então param. O estampido no momento da queda, o silêncio a seguir. A chuva que continua a cair sobre os animais mortos. Era nisso que eu estava pensando no entardecer de ontem, em meio aos raios e trovões no lado de fora. A princípio estávamos na sala, onde às vezes contávamos os segundos entre o brilho do raio e o estrondo do trovão; tudo acontecia a muitos quilômetros de distância. A chuva no lado de fora caía com tanta força que as gotas chegavam a subir outra vez após chocar-se contra o chão. As crianças escovaram os dentes e se deitaram e nós dois lemos para elas. Já com a luz apagada, me deitei e fiquei lendo notícias no celular. Do lado de fora o céu inteiro lampejou, e o trovão que veio em poucos segundos foi tão forte que parecia estar partindo o céu. Mais uns segundos e houve um estrondo gigantesco, como o de uma explosão. Foi como se a casa inteira estremecesse. Saí às pressas da cama e me postei em frente à janela. O raio devia ter caído muito perto. Mas não havia nenhuma casa e nenhuma árvore em chamas. Será que podia ter caído na rua? As crianças entraram em nosso quarto, assustadas, e ficamos todos juntos, olhando para a estrada vazia e para a chuva forte. Eu também me sentia abalado, mas acima de tudo intensamente alegre. As crianças me perguntaram se era perigoso, eu disse que não, porque havia muitas coisas mais altas que o telhado da nossa casa nos arredores. Passado um tempo as crianças voltaram para a cama. Antes de adormecer, fiquei pensando naquele estampido, no volume inconcebível. E num entardecer em Malmö, quando estávamos no terraço olhando para a cidade, sobre a qual o céu escuro e pesado se abria em raio atrás de raio, aquilo não tinha fim — e o céu daquele entardecer foi o mais belo que já vi. Para mim poucas coisas são mais belas do que a visão de um raio, e o som do trovão faz com que a impressão de estar vivo torne-se ainda mais aguçada. A água e o ar, a chuva e as nuvens também sempre estiveram aqui, mas encontram-se tão integradas à nossa vida que a antiguidade delas jamais se revela aos nossos pensamentos ou aos nossos sentimentos, ao contrário do que acontece com o raio e o trovão, que se revelam apenas de vez em quando, em sequências curtas que nós ao mesmo tempo conhecemos e estranhamos, da mesma forma como ao mesmo tempo conhecemos e estranhamos a nós mesmos e ao mundo de que fazemos parte.

Chiclete

O chiclete em geral se apresenta em duas formas: ou como pequenos travesseiros retangulares ou como tiras chatas e compridas. Os pequenos travesseiros têm uma camada levemente dura e lisa que parece esmaltada no exterior, uma espécie de casca, que faz um barulho crocante ao ser esmagada pelos dentes, e um interior macio cujo sabor pronunciado se espalha tão logo seja atingido pelos dentes, mais ou menos como uma cápsula. Essas duas consistências distintas logo assumem outro caráter quando começamos a mastigar; nos primeiros momentos surge uma massa similar a um mingau antes que aquilo que concebemos como a essência do chiclete, uma massa firme e grudenta, lisa e elástica, se revele. A segunda forma do chiclete, aquelas tiras chatas e compridas, às vezes parecem-se com fios de massa fresca, e têm uma consistência diferente dos travesseiros, uma vez que não apresentam casca e portanto são macias, e além disso não têm nenhum centro de sabor. O que acontece nesse caso é que esses chicletes por assim dizer pulam a fase da cápsula, em que o sabor é injetado na massa, e também a fase do mingau, para ir direto ao estado próprio do chiclete.

Do ponto de vista puramente fisiológico, mascar o que quer que seja sem engolir é desprovido de sentido. É o mesmo que acontece com os cigarros, porém os cigarros liberam substâncias estimulantes e causadoras de dependência, o que explica a vontade que os adultos sentem de fumar. O chiclete não provoca nenhum desses efeitos, e talvez seja mais próximo da chupeta que as crianças pequenas chupam, graças à qual o instinto de sucção a princípio leva o corpo a crer que está recebendo alimento, para então assumir o comando, quando o simples ato de chupar adquire um valor intrínseco. Em razão disso, mastigar chiclete tem um traço abertamente infantil. Passo tanto tempo sozinho que eu não estava pensando em nada disso quando na semana passada peguei o carro e fui até uma cidadezinha pesqueira a uns vinte quilômetros daqui para visitar um redator de cultura alemão que passa uns meses do ano por lá. Eu sempre masco chiclete enquanto escrevo e enquanto dirijo, e não apenas um ou dois dos pequenos travesseiros, mas pacotes inteiros de uma vez só. Quando estacionei o carro em frente à casa onde ele mora, eu tinha um volume enorme na boca. Foi apenas quando toquei a campainha e ele abriu a porta que me dei conta disso. Deixei o chiclete na lateral da boca e me concentrei em não mastigar enquanto ele me mostrava a casa, que em tempos antigos pertencera a um capitão de navio. A casa era realmente muito bonita, reformada e decorada em estilo modernista, e nada parecia fora do lugar. Passei o tempo inteiro procurando um lugar onde eu pudesse descartar o chiclete, mas não havia nenhum. Sentamo-nos, ele serviu café, eu peguei o chiclete e discretamente o escondi na palma da mão. Eu tinha o indicador e o polegar na asa da xícara antiga e delicada, e os três outros dedos fechados em torno do chiclete. Conversamos sobre literatura, ele me contou sobre os dois livros que estava escrevendo. O chiclete já não se grudava apenas de maneira superficial à minha pele; a camada protetora de saliva havia evaporado, de maneira que realmente havia se colado. Pensei que o editor provavelmente apertaria a minha mão quando nos despedíssemos, e assim tomei coragem. "Você tem um lugar onde eu possa deixar isso?", eu enfim perguntei. "Chiclete?", ele perguntou. Ainda hoje recordo a expressão facial e a postura corporal daquele homem no instante a seguir, a maneira como expressavam em parte surpresa e em parte desaprovação, talvez até mesmo desprezo. "*Chiclete?*", ele perguntou. E então o momento passou, e o chiclete passou a ser a coisa mais natural do mundo. Ele rasgou um pedaço de papel e o entregou para mim. "Tem uma cesta de papel ao lado da escrivaninha", disse. Praticamente qualquer outra falta teria sido recebida com tolerância, porque eu estava lá na condição de escritor, portanto artista, portanto uma pessoa capaz de cortar fora a própria orelha, uma pessoa capaz de despejar uma torrente de obscenidades, uma pessoa capaz de aparecer bêbada e até mesmo de tomar um pico de heroína na banheira daquela casa. Pois, mesmo que a dependência seja estúpida e infantil, é ao mesmo tempo grandiosa, pelo menos no caso dos artistas, cujos intelectos não se adaptam às situações conformes. Mascar chiclete só parecia contestador aos sete, oito anos, quando mascar um chiclete com a boca aberta era visto como um ato de rebeldia, e ter a boca cheia conferia-nos certo status. Lembro que eu costumava guardar os meus. Um chiclete podia durar semanas naquela época. O gosto desaparecia ao fim de poucas horas, mas não a consistência. Já não é mais assim. Como hoje tudo é sem açúcar, o gosto desaparece em poucos minutos, e a consistência torna-se solta e granulosa, enquanto a velha flexibilidade desapareceu por completo. A não ser por uma exceção: o chiclete Juicy Fruit. Em todos os lugares onde morei e escrevi, em Volda e em Bergen, em Estocolmo em Malmö, eu sempre soube quais eram as lojas que vendiam Juicy Fruit. O número dessas lojas tornou-se cada vez menor, e comecei a estocar os chicletes. Minha escrivaninha está sempre cheia de chicletes velhos, que com a cor cinzenta, o formato esférico e as pequenas depressões mais parecem cérebros diminutos. Não consigo escrever sem eles, e não os jogo fora enquanto não atingem a fase granulosa. Quanto a felizmente não carregar sozinho esse fardo, indigno em razão da insignificância, sou lembrado disso sempre que vou à cidade, onde a calçada e os espaços em frente aos locais de grande concentração de pessoas estão sempre cheios de manchas brancas que parecem espalhadas tão ao acaso como as estrelas do céu, e que no escuro, iluminadas pelos postes de luz, ao cintilar de leve contra o asfalto preto, também se parecem com um céu estrelado.

Cal

Hoje o dia estava nublado. O ar, que geralmente se mostra transparente e não oferece nenhum tipo de resistência, estava coberto por um véu de umidade. Tudo brilhava, tudo estava em silêncio, e nosso carro branco cintilava no cascalho quando fui levar as crianças para a escola. A neblina era tão espessa que não dava para ver os terrenos enquanto avançávamos pela estrada. Era como dirigir através do mar. Pensei que não era preciso nada além de uma pequena mudança no clima para que a lógica também se alterasse. A neblina prejudica a visão e cria uma outra dinâmica no espaço. De repente são as coisas pequenas e próximas que sobressaem. A água clara da chuva depositava-se no cascalho, acumulava-se nos sulcos deixados pelas rodas. Na antena preta do carro, que antes nunca tinha chamado a minha atenção. No armário elétrico na parede vermelha, meio coberto pelas trepadeiras. É assim que as coisas surgem nos sonhos, onde adquirem importância por meio de uma lógica que não é a do cenário. A dinâmica do som também parecia outra, os nossos passos no cascalho davam a impressão de estarem sozinhos, sem um pano de fundo, o clique quando abri a porta do carro soou como um pequeno estampido.

Agora no entardecer a neblina se dissipou. O vento sopra do leste, chega do mar e vem carregado da chuva que tamborila no telhado. É como se um muro houvesse se aberto: ao fim do longo e bonito verão, tudo corre em direção ao outono. As folhas caem das árvores, as cores vão do verde ao amarelo e ao marrom, o ar ganha o cheiro da terra. É uma sensação boa. Caiar, que é o que vou fazer amanhã, também me traz uma sensação boa, boa da mesma forma como é bom acender a lareira e fazer as achas queimarem ou pintar uma parede, como fiz semanas atrás.

Por que é bom?

Não faço a menor ideia. Quando estou no meio do trabalho não há nada de bom, quero apenas terminar. Então o que me alegra deve ser a ideia do trabalho. A ideia do trabalho manual, e do aspecto material. A árvore que absorve a cal, e que depois tolera a chuva e o vento e a neve por anos a fio. A cor é o resultado de substâncias retiradas de uma mina nas montanhas de Falun, que fazem com que a pintura seque e adquira um aspecto metálico, e também com que saia quando alguém passa a mão na casca da árvore. Tenho o mesmo sentimento em relação à cerveja, que desde sempre foi preparada da mesma forma, a partir de água, malte e lúpulo, e em relação ao pão, em especial quando eu mesmo o asso: sovar farinha, água, sal e fermento em uma massa, a princípio úmida e depois grudenta, até que por fim esteja pronta e não grude mais na pele, deixá-la crescer, moldar os pães e colocá-los no forno, onde ganham uma superfície dura, levemente queimada e um interior macio e seco. O aspecto simples, basal e primitivo disso tudo. A concretude e a antiguidade: as pessoas vêm fazendo isso há milênios. A bem dizer toda essa realidade é estranha para mim, mas eu sempre gosto de ter contato com ela. O sentimento de estar no mundo, e de fazer parte do mundo. De sentir que pôr as mãos em uma coisa significa realmente pôr as mãos. Não apenas ver, não apenas pensar, mas de fato pôr as mãos.

Por isso estou contente de pensar que amanhã vou caiar o muro, vou umedecê-lo bem, passar a cal em finas camadas com o pincel, para que o muro absorva tudo aquilo, e sentir que eu perdi o controle quando toda a água, toda a chuva e toda a pintura de cal escorrerem e pingarem por toda parte, apenas para recuperá-lo com dez vezes mais força quando o muro estiver reluzindo na mais perfeita brancura em meio ao cinza. Ou, o que seria ainda melhor, em meio ao cinza e ao verde, como fazia o muro no fim do jardim no outono passado. Não foi apenas o muro que ressurgiu do esquecimento naquele instante para mais uma vez reivindicar o que lhe pertencia por direito, mas toda aquela parte do jardim, que de repente tornou-se visível mais uma vez, mais ou menos como um antigo conceito se vê posto em um novo contexto, e tudo aquilo que outrora representava volta a se embeber nos pensamentos sobre o mundo.

Víboras

As víboras não têm audição, e isso já faz com que o mundo que habitam seja diferente do nosso. Certamente são capazes de captar as vibrações do chão, como uma forma primitiva de audição, mas, para imaginar a existência em que deslizam pelo chão da floresta, a ausência de sons e de acústica é a primeira coisa a se pensar. Não existe som nenhum. Nada de canto de pássaros, nada de gritos de gaivotas, nada de farfalhar nas árvores quando o vento sopra através das copas, nada de murmúrio da água. E a questão não é que as víboras sabem que na verdade os sons existem, porém não os ouvem. Não, para uma víbora o vento que sopra pela floresta durante uma tempestade é completamente silencioso, e os pássaros que erguem a cabeça em direção ao céu e abrem os bicos fazem isso sem nenhum tipo de som. As víboras tampouco enxergam direito; a pequena cabeça chata passa o tempo inteiro em contato com o chão, de maneira que os olhos avermelhados veem a grama, a urze, a montanha, a terra cheia de agulhas de pinheiro, as raízes expostas, porém sem dedicar-lhes qualquer tipo de atenção, pois o que a atrai são movimentos e cheiros. A língua, que passa o tempo inteiro vibrando à frente do corpo, capta partículas de cheiro, que são lidas e interpretadas, pois, quando um bicho passa, deixa rastros olfativos que a víbora então pode seguir. O mundo das víboras é silencioso, exuberante, repleto de vibrações e cheiros. As víboras sempre detectam a presença de outras víboras. No inverno as víboras procuram-se umas às outras, e podem se reunir às centenas para hibernar em buracos no chão ou nas frestas de um amontoado de pedras, onde passam meses imóveis. Quando a primavera chega, elas ainda estão frias e se locomovem com movimentos lentos e indolentes. Como deve ser acordar ao fim de um sono que mais se parece com a morte, sem comida e sem água, com um corpo que esteve frio como gelo e aos poucos começa a esquentar, porém não muito, apenas o suficiente para que acorde, sinta-se vivo e ponha-se em movimento, seria impossível dizer. Mas as víboras conhecem o calor e o procuram. Devagar, a víbora desliza por aquele mundo silencioso e baixo rumo a uma encosta voltada para o sul onde o sol possa aquecê-la. Se alguém avança pela floresta, o que na realidade seria o equivalente a ouvir rugidos próximos, a víbora desliza para um abrigo, onde permanece totalmente imóvel. Cada passo daquelas botas atravessa-lhe o corpo. É abril e, mesmo que o sol brilhe no céu, o ar continua frio. A víbora desliza, sai da floresta e sobe até a parte mais alta da praia de cascalho, talvez a cem metros acima do nível do mar, onde se estende sobre uma grande pedra chata. Um homem e um menino aparecem caminhando, e as pedras fazem com que não a percebam. O homem para, aponta a víbora para o menino, se abaixa e atira uma pedra, que a atinge no meio do corpo. A víbora se afasta, porém mais uma pedra a atinge, e depois outra. Ela se revira e se contorce, e logo está enterrada debaixo de pedra. Mas existem frestas entre as pedras, e a víbora desliza por esses espaços. Quando a cabeça aparece, o homem está a poucos metros de distância, e a pedra que acerta a cabeça achatada vem com força suficiente para esmagá-la.

Quarenta anos se passaram desde que isso aconteceu. Eu ainda queria que ele não tivesse feito aquilo, e ainda não entendo por quê, mas foi como se ele odiasse a víbora mais do que qualquer outra coisa. Eu nunca o tinha visto daquele jeito, e nunca tornei a vê-lo daquele jeito.

Boca

A boca é uma das cinco aberturas do corpo, e portanto é um dos lugares de troca entre o corpo e o mundo. A parte externa da boca é composta pelos lábios, duas almofadas relativamente estreitas e alongadas que se dispõem horizontalmente na porção anterior da cabeça, na parte de baixo do rosto, abaixo do nariz. Essas almofadas distinguem-se de todas as demais partes visíveis do corpo por serem avermelhadas, ao contrário da pele branca, amarelada, morena ou negra que cobre o restante do rosto, e também por serem úmidas. A cor e a umidade são nos demais casos típicas do interior do corpo. É assim porque os lábios pertencem a um só tempo ao interior e ao exterior: são aberturas. Essas zonas indefiníveis, que não são nem uma coisa nem a outra, surgem nos pontos onde se encontram o interno e o externo, o úmido e o seco. No corpo, isso vale para o ânus, que assim como os lábios é úmido e tem uma cor e uma textura diferentes da pele que o circunda, com uma coloração levemente bege-avermelhada e um pouco grudenta. Na natureza, o mesmo vale para as regiões onde a água e a terra se encontram, na orla, nas margens e na foz dos rios, onde o chão é úmido, mas assim mesmo diferente do leito do rio, não é bem gramado nem bem terra, mas uma coisa intermediária, uma coisa que deixa marcas sobre a vida que existe nesses lugares, com animais similares a peixes que se movimentam tão bem na água como fora dela. Os lábios e o ânus são aberturas que dão acesso ao interior do corpo, mas enquanto o último é um orifício de saída, fechado por um músculo que se abre quando sofre pressão interna, os lábios são o oposto, uma proteção da abertura, para que materiais externos não sejam levados ao interior do corpo. Por trás dos lábios ficam os dentes, rígidos e amontoados como uma cerca, e por trás dessa cerca abre-se uma caverna: essa é a cavidade oral. As paredes da cavidade, chamadas de gengivas, são revestidas por uma mucosa vermelho-pálida que se encontra sempre úmida, e no meio dessa gruta ergue-se a língua — um grande músculo que se parece com um molusco, também vermelho-pálido, que no entanto, ao contrário das gengivas, duras como placas, é macio, mais macio do que os lábios, embora não seja tão liso, mas um pouco áspero. Quando a boca está fechada e os lábios e os dentes fecham-se uns contra os outros, a língua ocupa quase toda a cavidade bucal. A língua encontra-se presa ao assoalho da boca mais ou menos como o interior de um mexilhão prende-se à concha. Mais ao fundo abre-se a garganta, um túnel que leva diretamente às profundezas do corpo. Do alto dessa abertura pende a amígdala, um cone macio similar a uma estalactite, e logo atrás se abre um outro túnel, mais estreito, que sobe rumo ao nariz e portanto está diretamente ligado ao mundo exterior por meio das narinas, que ao contrário da boca e do ânus encontram-se sempre abertas.

É na boca que se localiza o sentido do paladar. Lá se decide se uma coisa é boa ou ruim, doce ou azeda, salgada ou amarga. É também na boca que a comida é triturada, graças ao trabalho dos dentes, com o auxílio da língua, que pode empurrar os pedaços para baixo da mordida, como primeira etapa do processo de digestão, quando o objetivo é transformar boa parte daquela contribuição externa em algo interno. Há muita alegria envolvida nesse trabalho, como por exemplo no sabor levemente azedo que nos enche a boca quando uma folha suculenta de alface encontra a língua, e a incrível sensação crocante que surge quando os dentes se fecham sobre aquela superfície fresca e estaladiça. Não há motivo para crer que outro tipo de boca, como por exemplo a dos coelhos ou a dos porquinhos-da-índia, participe dessa festa com menos alegria do que a nossa. O simples fato de que todos os animais têm boca e não poderiam ser concebidos sem esse órgão — ao contrário do que ocorre por exemplo com as orelhas ou os olhos — leva-nos a dar razão a Aristóteles quando escreveu que tudo aquilo que vive tem uma alma, e talvez a acrescentar que tudo aquilo que vive sente alegria, ou pelo menos satisfação, quando a boca se abre e um alimento de fora é levado para dentro e mastigado enquanto pequenos relâmpagos de sabor atravessam-lhe a cabeça, e a incômoda sensação de fome aos poucos cessa.

Daguerreotipia

A fotografia está ligada à modernidade, e também a um aspecto maquinal; é uma parte da época tecnológica em que vivemos, e torna a nossa cultura diferente da cultura passada. Mas o princípio, de que determinadas substâncias mostram-se sensíveis à luz, e de que a luz é capaz de deixar impressões nessas substâncias, é conhecido pelo menos desde a Idade Média, como se pode ver por exemplo no caso de Albertus Magnus, o professor de Tomás de Aquino. Magnus era teólogo e filósofo, e foi canonizado após a morte. Ganhou fama de ser também alquimista. Parece atraente imaginar que ele, ou um dos outros aristotélicos da Idade Média ou do Renascimento, podia estar no estúdio, rodeado por líquidos e substâncias, fazendo experimentos com nitrato de prata, mercúrio, cobre e vidro, e um belo dia conseguisse fixar a luz em uma placa, de maneira que o espaço em que se encontrava surgisse como um negativo. Do ponto de vista técnico, não seria impossível, uma vez que todas as substâncias e todos os materiais necessários já existiam naquela época. Mas a ideia de que essa técnica pudesse ser usada para representar o mundo estava tão distante do horizonte de expectativas da época, dos pensamentos que circulavam em relação ao mundo e ao papel da humanidade, que sequer poderia ser concebida. De qualquer modo, foi mais ou menos assim que a fotografia começou, não graças à descoberta de que o nitrato de prata recebia impressões da luz, mas graças à gradual orientação dos pensamentos em direção ao mundo da matéria, representado pela filosofia natural. Por volta de 1820 a ideia já não seria mais inconcebível, e houve muitos experimentos com substâncias fotossensíveis, entre os quais se encontravam aqueles feitos por Joseph Niépce, cuja impressão da Borgonha, tirada em 1826 ou 1827, é considerada uma das mais antigas fotografias em existência. Essa fotografia consiste em partes escuras e claras em uma placa de metal, e é tão pouco nítida que leva certo tempo até percebermos que as partes escuras são paredes e telhados, e a parte clara é o céu. Niépce tirou essa fotografia a partir da janela de um sótão; é a visão que tinha naquele dia que se encontra gravada na placa. O fato de que sempre parece haver um elemento fantasmagórico nas fotografias daquela época não se deve apenas aos motivos nebulosos, pouco nítidos, quase flutuantes, como se o aspecto material dessas fotografias pertencesse a outra dimensão, mas também ao fato de que não há registros de pessoas. O tempo de exposição era de horas, de maneira que somente as coisas que não se mexiam eram fixadas. O mais inacreditável nessas primeiras fotografias talvez seja a percepção de que se relacionam com o tempo de maneira a mostrar somente as coisas mais duradouras, enquanto o elemento humano mostra-se tão efêmero e tão fugaz que sequer deixa qualquer tipo de impressão. Para criaturas que sentissem a passagem do tempo de forma mais lenta do que nós, esse seria o aspecto do mundo. Essa perspectiva externa não era desconhecida, pois o divino, com Deus e seus anjos, nos quais as pessoas ainda acreditavam, era imutável e existia fora do tempo.

Sob esse ponto de vista, o elemento humano também era tão efêmero e passageiro que não chegava a deixar marcas. A primeira fotografia em que aparece uma pessoa foi tirada por Louis Daguerre, onze ou doze anos depois que Niépce registrou a vista de sua janela, também ao pé de uma janela, porém com uma vista do Boulevard du Temple certa manhã em 1838, e também com um tempo de exposição tão longo que somente aquilo que não se mexia era fixado. A rua está banhada de sol, uma fileira de árvores projeta sombras na calçada e todos os detalhes, das muitas chaminés e cumeeiras às esquadrias das janelas no prédio branco mais próximo, são nítidos e claros. É uma imagem perturbadora, pois a dizer pela hora do dia, a rua devia estar cheia de pessoas, cavalos e carruagens. Mas existem apenas duas figuras. No ponto exato da proporção áurea, no canto inferior, onde começa uma calçada iluminada pelo sol, há um homem com uma perna erguida. Desde a primeira vez que vi essa fotografia penso que é uma imagem do diabo. Como única pessoa claramente visível no meio de uma rua fervilhante, ele tem uma constância e uma permanência que deixaram marcas na daguerreotipia. Alguma coisa naquele vulto me leva a pensar que no momento seguinte ele deve ter virado a cabeça e olhado para o fotógrafo. Mas o fotógrafo nunca viu aquilo que a fotografia mostra. Louis Daguerre viu uma rua fervilhante, e talvez nem tenha percebido aquele homem antes de, horas mais tarde, revelar aquela imagem, quando todos os outros vultos além daquele haviam desaparecido.

CARTA A UMA FILHA NÃO NASCIDA

29 DE SETEMBRO. O dia começou do jeito habitual, quando acordei o seu irmão e as suas irmãs, servi o café da manhã para todos e os acompanhei até o ônibus escolar; depois eu trabalhei um pouco antes de nos sentarmos no carro e irmos para Ystad. Tínhamos uma consulta com a parteira. Mesmo que já tivéssemos passado por todas as partes desse longo processo de nove meses por três vezes, essas visitas ainda parecem meio solenes. Linda estava ao meu lado no banco do passageiro, com o cinto de segurança em cima da barriga. Pensei que você estava lá dentro e que eu precisava tomar cuidado ao dirigir. O consultório da parteira ficava em uma pequena construção fora do centro, perto de todos os shopping centers. Era um dia cinzento e os arredores pareciam desolados quando manobrei o carro no grande estacionamento em frente, mas tudo isso foi esquecido quando chegou a nossa vez e fomos à sala de exames, pois estávamos lá para ver você. Após uma conversa breve a parteira pediu a Linda que se deitasse. Eu me sentei ao lado da cama. Linda ergueu a blusa e expôs a barriga. A parteira espalhou um pouco de gel na

barriga, passou um aparelhinho por cima e na tela do outro lado da sala o seu corpinho apareceu, rodeado por líquidos escuros e grossas paredes. A imagem, com todas as zonas granuladas e movimentos pouco nítidos, quase oníricos, parecia estar sendo transmitida desde um lugar muito, muito distante, do espaço ou do fundo do mar, e era impossível associar aquela imagem com a sala comum onde nos encontrávamos ou com a enorme barriga de Linda, mesmo que eu soubesse que tudo vinha de lá. De certa forma o sentimento de imensa distância fazia sentido, pois a situação pré-natal — o corpo que cresce dentro de uma cavidade repleta de líquido no interior do corpo da mãe para lá repetir todas as etapas da evolução do homem — relaciona-se com tempos ancestrais e encontra-se separada de nós por um abismo, não de espaço, mas de tempo. Ademais, era a tecnologia moderna que tornava aquela imagem possível. E era você que estava lá dentro. Era você que mexia devagar os braços e as pernas, e não um lagarto ou uma tartaruga. Vimos o seu coração, que batia na velocidade certa e apresentava todas as câmaras necessárias. Vimos o seu rosto, o seu narizinho, e vimos o cérebro, ainda pequeno, mas completo. Vimos a coluna, as mãos, os dedos, a fíbula, o fêmur. Você tinha as pernas encolhidas na direção do peito, e mexia o tempo inteiro uma das mãos, que parecia flutuar sozinha enquanto você a abria e fechava. Disseram que muito provavelmente você era uma menina.

Então você é Anne.

Os pais dão a vida aos filhos, os filhos dão aos pais a esperança. Essa é a transação.

Parece um fardo?

Não é. A esperança não faz nenhuma exigência.

E eu sou um homem sentimental. Mas como escrever sobre

esse tema, que é tão pequeno e tão grande, tão simples e tão complicado, tão banal e tão… o quê, sagrado?

Sentimental é outra palavra para dizer "repleto de sentimentos". Mas o que são os sentimentos? O que sentimos quando sentimos? "Sentimental" é como chamamos tudo aquilo que exagera os sentimentos, que os desperdiça. Nesse caso, seria a sobriedade uma qualidade mais nobre?

Hoje a noite está limpa e estrelada. Acabei de mijar no pátio, o que faço só quando todos dormem e eu estou sozinho. Durante esse verão tivemos dias e mais dias de céu claro e aberto, de maio até agora: sol durante o dia, estrelas durante a noite. Nada é mais bonito do que ver um bom verão ir embora aos poucos, deixando para trás como que uma saciedade, o mundo foi preenchido, e agora surge uma mudança, agora a cidade já não se encontra rodeada por lavouras ondulantes, indescritivelmente douradas quando estão sob o céu alto e azul — vistas da estrada, as lavouras mais parecem lagos entre as aglomerações de casas —, mas por restevas, porque durante as últimas semanas as colheitadeiras e os tratores deslizaram vagarosamente para lá e para cá, e aqui e acolá montes formados por rolos de palha prensada se erguem como muralhas contra o vento, que com frequência cada vez maior sopra do Báltico.

O mundo foi preenchido e agora se esvazia: o ar do calor, as árvores das frutas e das folhas, as lavouras do grão. Tudo enquanto você cresce no silêncio e no escuro.

OUTUBRO

Febre

Estou com febre. Me sinto gelado, mesmo que o meu corpo esteja uns graus acima da temperatura normal. Minha pele também está mais sensível do que de costume; os movimentos são desconfortáveis, inclusive a leve pressão feita pelas roupas. Isso me lembra do quanto o corpo em geral é acostumado ao mundo, do quanto se encontra em harmonia, como se o mundo emitisse uma certa frequência com a qual o corpo está perfeitamente sintonizado. Nessa zona em que a frequência do corpo e do mundo são a mesma tudo acontece sem nenhum tipo de resistência. O corpo anda pelo mundo, rodeado de ar, em contato com superfícies e coisas, e mesmo que essas coisas sejam tão distintas como o pano macio e úmido que uma mão segura e a borda rígida da banheira em que a outra mão se apoia, ambos se encontram no espectro para o qual nos abrimos, de maneira que praticamente tudo desaparece para nós, em um sentimento constante porém jamais formulado de que o mundo é uma extensão do corpo. Quando a febre chega, o grau de sensibilidade aumenta, e o corpo é por assim dizer retirado dessa zona de intimidade com o mundo, que de repente assoma e torna-se perceptível, não de maneira hostil, mas estranha. Porém a febre não entra somente em relações horizontais, com as coisas ao redor; também abre um eixo vertical e adentra o passado, uma vez que, por ser uma situação de exceção, evoca toda uma série de manifestações passadas. É por isso que a febre também tem um elemento bom. Escrevo essas palavras sentado junto da escrivaninha numa pequena casa em Glemmingebro, no extremo sul da Suécia, distante de todas as maneiras possíveis do lugar onde cresci e da pessoa que eu era então. Mesmo assim, aquele mundo parece estranhamente próximo desde que me levantei horas atrás. As memórias não param de surgir. A percepção do tempo se transformava durante a febre, e de repente eu me via acordado numa casa totalmente silenciosa, rodeado pela escuridão, como se a noite tivesse me levado a plagas desconhecidas. Mais importante do que isso, no entanto, e o motivo para que essa situação fosse boa, eram os cuidados que eu recebia. Você está quente?, alguém me perguntava, e então uma mão pousava na minha testa. Você está com febre! E com a febre vinham os privilégios. Comida na cama. Uvas. Gibis novos. Com a febre vinha a atenção. Perguntas constantes sobre como eu estava, como eu me sentia. A mão na testa, a mão afagando os meus cabelos. A não ser nessas horas, ninguém jamais tocava em mim, as demonstrações de afeto eram raras em nossa família, a não ser quando alguém adoecia e tinha febre, e ainda hoje eu me lembro desse sentimento paradoxal, do quanto os toques eram desagradáveis para a minha pele febril, mas também do quanto eram agradáveis para mim.

Galochas

Uma vez que recobrem o pé e parte da perna, como uma espécie de capa, quando estão sem uso, no chão, as galochas à primeira vista parecem-se com um pé e uma perna amputados em um ponto abaixo do joelho. Essa é uma característica que têm em comum com as jaquetas e as camisas, que também se assemelham às partes do corpo que recobrem. Quando entro no corredor no final da tarde ou no início das manhãs, é como se a impressão da família inteira estivesse pendurada nos cabides e a postos no chão, como uma espécie de negativo. Nessas horas às vezes penso em como a vida seria caso tivessem morrido em um acidente e restassem somente essas coisas que antes eram ocupadas pelos corpos de cada um. Com as minhas galochas o que acontece é exatamente isso, uma vez que as herdei do meu pai quando ele morreu. O espaço que os pés e as pernas dele outrora ocupavam encontra-se agora no chão, junto à parede do corredor. Já não penso nele com muita frequência, mas é o que faço toda vez que enfio os pés nas minhas galochas, que calçam como se tivessem sido feitas sob medida, e ando com elas pelo jardim.

De todas as coisas que o meu pai deixou, fiquei com apenas duas: um binóculo e essas galochas. Por que escolhi justamente essas duas coisas, eu não saberia dizer. Talvez porque fossem ao mesmo tempo neutras e úteis? A jaqueta de couro de cordeiro eu jamais poderia ter usado, por exemplo, porque era uma coisa demasiado próxima dele, era uma expressão própria dele, que eu não queria nem poderia assumir para mim, enquanto as galochas não funcionam como uma expressão da personalidade, mas são as mesmas para todo mundo. Os quadros que ele tinha nas paredes eu tampouco poderia ter pegado, todos eram igualmente próximos dele, uma vez que ele os havia escolhido e se contentado em vê-los ou tê-los, enquanto o binóculo não faz parte dessa individualidade, é apenas um binóculo, feito para aumentar uma imagem que se encontra longe, assim como as galochas são feitas para manter a água longe. Para isso elas são perfeitas. A superfície grossa e levemente rija da borracha é lisa e lustrosa, de maneira que a água não consegue se prender, não existem frestas nem rachaduras por onde entrar, e assim a água desliza vagarosamente rumo ao chão, ou deposita-se como uma camada de umidade sobre a borracha, enquanto o cano rente à perna mantém fechada a abertura rumo ao interior da bota. A alegria resultante disso, do fato de que a bota é perfeitamente impermeável, pode ser grande — basta pensar no sentimento que temos ao andar por um terreno alagadiço, quando o pé afunda no barro sem qualquer tipo de efeito, e o barro se espalha ao redor da galocha enquanto o pé continua seco —, e de certa forma soberana. Afinal, não é esse sentimento de soberania que nos alegra quando andamos por charcos ou mesmo córregos com galochas resistentes e impenetráveis? O sentimento de ser invencível, de estar protegido, de ser uma entidade própria no mundo? Claro, claro, é *precisamente* nisso que reside a alegria despertada pelas galochas.

Águas-vivas

Se por um lado é possível relacionar-se com criaturas primitivas como tubarões, crocodilos e avestruzes, no sentido de que esses animais têm olhos e podem ver, e além disso têm um cérebro, por menor que seja, e assim podem agir de acordo com os sentimentos que lhes são próprios, como desejo ou medo, as águas-vivas são tão simples e tão primitivas que nenhum tipo de identificação é possível. Nada daquilo que caracteriza as nossas vidas encontra-se nelas. Porém mesmo que as águas-vivas tenham surgido no mundo seiscentos milhões de anos atrás, e mesmo que tenham sido uma das primeiras criaturas pluricelulares, também são nossas contemporâneas. Aquilo a que chamamos de vida, de estar vivo, é uma graça da qual também as águas-vivas compartilham. No aspecto, elas assemelham-se a sinos com longos véus ondulantes. Certas espécies são quase transparentes. Outras são laranja ou azuis. Essas criaturas vivem no mar e exibem uma dignidade impressionante, quase majestosa ao nadar. Locomovem-se encolhendo e estendendo o corpo, como um vagaroso músculo bombeador, porém contra as correntes do mar essa capacidade locomotora é quase insignificante, de maneira que não podem escolher o próprio destino. Esses sinos do mar são cegos e mudos, mas não desprovidos de sensibilidade, pois mesmo que não tenham cérebro, são perpassados por uma rede neural, e mesmo que talvez não sintam fome nem desejo no sentido que atribuímos a essas palavras, as águas-vivas também comem e também se reproduzem. Ao refletir sobre o sentido da vida, precisamos nos voltar às águas-vivas e aos fungos, que foram as primeiras formas de vida pluricelulares na terra. Por que vivem? Em que consistem essas vidas? E talvez a pergunta mais importante: o que valem essas vidas? Quando cresci, as águas-vivas transparentes eram uma coisa que pescávamos e jogávamos uns nos outros, mais ou menos como bolas de neve, elas se encaixavam na palma da mão e faziam um chapinhar nojento quando acertavam costas ou pernas. Já as águas-vivas coloridas eram sempre motivo de cuidado quando nos banhávamos, todo mundo já tinha sido queimado uma vez ou outra por aqueles longos tentáculos invisíveis, e todos haviam sentido a ardência terrível, que era pior do que urtiga, talvez porque com frequência atingiam partes maiores do corpo quando nos enredávamos naquilo. As águas-vivas coloridas pareciam sóis diminutos nas profundezas, em razão dos corpos redondos e alaranjados e dos raios que deles partiam. A estranheza desses animais, tão diferentes de qualquer outra coisa que conhecêssemos, jamais nos havia ocorrido. As águas-vivas eram uma parte do mundo, como o musgo ou as algas, a grama ou o fogo. Foi somente aos onze anos, durante um passeio com o meu pai ao longo dos escolhos no extremo da ilha onde morávamos, que percebi o aspecto fantástico daquelas criaturas. Chegamos à encosta da montanha, e na água lá embaixo, que ficava a talvez sete metros de nós, havia centenas de águas-vivas coloridas, ondulando como os destroços de um naufrágio ao sabor das ondas que quebravam naquele recanto do universo.

Guerra

Com frequência levo as crianças à escola em Ystad, e no caminho passamos por um campo de tiro com vários quilômetros de extensão. Esse campo fica à beira-mar e inclui praias, terrenos e os morros verdes que se erguem a partir das bordas do rochedo, de onde é possível enxergar dezenas de quilômetros em todas as direções. Naquela manhã a bandeira no topo estava hasteada, o que significa que o Exército fazia exercícios de tiro. Mesmo que moremos a cinco quilômetros de distância, de vez em quando ouvimos os rumores — é um barulho estranho, onírico, quase hipnótico. A Rússia está se preparando e a atividade na fronteira aumentou, o que deu início a uma discussão sobre a diminuição do Exército observada nas últimas décadas aqui na Suécia. Mesmo assim, nesse cenário bonito os pensamentos sobre a guerra encontram-se longe, oníricos como os rumores abafados e trovejantes dos canhões que ouço enquanto à tarde varro as folhas do jardim. Não sei o que a guerra traz, mas às vezes imagino poder vislumbrar certos aspectos, como quando semanas atrás li um artigo sobre um acidente fatal em uma corrida automobilística, que afirmava que não havia uma cultura de segurança na década posterior à Segunda Guerra Mundial porque todo mundo estava acostumado à ideia de que as pessoas talvez morressem, era uma ideia quase aceitável. É uma teoria razoável e plausível, que mesmo assim pareceu chocante, uma vez que pude relacioná-la à nossa própria época e dessa forma ter um vislumbre das consequências da guerra. Como a guerra é uma situação de exceção, uma zona humana cheia de horrores e provações que a maior parte de nós observa de fora, quase da mesma forma como nos relacionamos com os horrores da ficção, deixamo-nos influenciar somente no plano racional, daquilo que compreende e julga, e eventualmente compreende e aceita. A essência da guerra, no entanto, reside justamente no abandono do racional, no abandono total de regras, leis e acordos, na destruição de todos os valores estabelecidos, e assim chega até os nossos julgamentos mais íntimos, que dizem respeito a quem somos. Não consigo imaginar sequer uma guerra que não tenha girado em torno de identidade. E a identidade é uma grandeza tão fundamental, tão profundamente ligada aos nossos sentimentos e impulsos e tão longe do alcance da razão que não pode nem ser projetada no futuro nem abstraída, de maneira que, quando a guerra eclode, suas consequências não são reconhecidas senão por aqueles que dela fazem parte.

Na Suécia, onde moro, não houve guerras desde o século XVII, portanto desde a época de Montaigne, Cervantes e Shakespeare. Essa constatação não a transforma em um fenômeno obsoleto, pois na cultura a guerra está sempre presente, não se passa uma única noite sem que um soldado apareça na TV, um único dia em que o jornal não traga uma notícia sobre guerra. Um dos nossos vizinhos é um menino de nove anos que está sempre brincando de guerra. Para ele, todas as situações podem se transformar numa situação de guerra. Ele tem várias armas de brinquedo em casa. Espadas e escudos, arcos e flechas, bestas, pistolas, revólveres, espingardas, metralhadoras, grandes armas futurísticas de plástico. Junto com o pai, ele assiste a filmes da Segunda Guerra Mundial, longas sequências em preto e branco do oceano Pacífico com aviões japoneses que são alvejados por navios americanos ou lançam-se contra estes, submarinos que torpedeiam embarcações, sequências da Europa continental repletas de soldados que se arrastam na neve ou no barro e os disparos rapidíssimos dos lança-foguetes. Uma vez, quando bati na porta do vizinho, o menino estava deitado no meio da sala com um capacete na cabeça e uma espingarda na mão enquanto o pai e a mãe aplicavam-lhe bandagens de papel higiênico: ele estava brincando de soldado ferido.

Por que ele passa o tempo inteiro na guerra, mesmo sendo pequeno, eu naturalmente não sei. Mas pode ser porque as brincadeiras de guerra são a única maneira que conhece para lidar com sentimentos agressivos, para não os reprimir, mas para dar-lhes vazão, não de maneira livre, incontrolável e angustiada, mas através de canais e corredores predeterminados no mundo dele. Pois esse é o outro lado da guerra: ela simplifica a vida, estabelece objetivos concretos e distribui tarefas que podem ser resolvidas de acordo com um método claro. A guerra liberta não apenas as forças irracionais dormentes no homem, mas também as forças racionais. A guerra é ao mesmo tempo a forma simples da ponta de uma flecha e a complicada vida a que esta põe fim. Os meios simples e duros de que esse menino se vale para manter em ordem aquilo que é macio e complexo e os rumores que há de ouvir hoje quando voltar da escola vão enchê-lo de alegria, pois neles existe a promessa de algo ainda mais simples e ainda mais duro pelo que todos já nos sentimos atraídos.

Lábios vaginais

Lábios vaginais é o nome dado às pregas alongadas que, vindas cada uma de um lado, encontram-se acima da vagina e da uretra nas mulheres, e assim cobrem esses orifícios como uma espécie de cortina de pele. São dois pares de lábios vaginais: os pequenos lábios e os grandes lábios. Nas meninas em idade de colo a pele é lisa e delicada, e a fenda levemente arredondada que surge entre aquelas duas partes rechonchudas, que sugerem almofadas, tem uma forma que faz pensar em uma ranhura para moedas, ou em uma pequena boca. No trocador, as meninas por vezes enfiam a mão na fenda, e assim podemos ver a pele rosada e brilhante que se encontra lá dentro. O pai só consegue lavar essa parte do corpo de uma menina durante os primeiros anos, ou pelo menos comigo foi assim; tão logo as meninas estavam crescidas o bastante eu passei a entregar-lhes uma toalhinha ensaboada e a pedir que se lavassem sozinhas na banheira. Isso aconteceu porque nas últimas décadas o olhar masculino foi tratado como suspeito, e a culpa vaga mas constante despertada por essa desconfiança imiscuiu-se na relação entre pais e filhas, que, no que diz respeito à nudez, passou a ser marcada por um excesso de cautela. Até mesmo neste texto a culpa já se imiscuiu, pois a comparação com uma ranhura para moedas não parece injustificavelmente objetificadora e profundamente misógina? Mas um corpo é sempre apenas um corpo, anatomia, biologia, que assim são lidos na primeira vez em que se revelam ao mundo, no exame de ultrassonografia, quando os dedos de mãos e pés são contados, o tamanho do fêmur e o diâmetro do crânio são medidos, a função cardíaca é examinada e o sexo é determinado. O fato de que mais tarde na vida certos órgãos do corpo tenham de ser escondidos e não possam nem ao menos ser mencionados sem despertar sentimentos de vergonha talvez seja uma das características mais profundamente humanas que existem. A vergonha é como uma tampa, que fecha no lado de dentro o que deve ser fechado no lado de dentro e funciona como um dos mais importantes mecanismos da vida social. A vergonha estabelece diferenças, cria segredos e promove tensão. A contraforça e a antítese da vergonha é o desejo, cuja existência busca acabar com as diferenças, revelar os segredos e relaxar as tensões. A colisão frontal entre a vergonha e o desejo encontra-se na sexualidade. Um dos aspectos mais interessantes nessas duas grandezas é que ambas relacionam-se com a ficção, no sentido de que ambas lidam com realidades alternativas. A vergonha relaciona-se com a realidade da maneira como devia ser, não com a realidade da maneira como é. O desejo, por outro lado, transcende a realidade material e cria imagens próprias que, enquanto perdura o desejo, mantêm-se incrivelmente prazerosas, porém reassumem uma forma mais neutra assim que o desejo arrefece. Para mim esses três níveis de realidade se encontram no órgão sexual feminino, com lábios duplos e antigamente chamado pelo nome de "vergonhas". Pois nessas pregas com leve cheiro de urina, enrugadas como pele de elefante, porém infinitamente mais suaves, eu com frequência sinto vontade de enfiar a língua. Quando as secreções umedecem-nas, de maneira que parecem quase líquidas, cresce o desejo de apertar o rosto inteiro contra aquelas partes, deixar o nariz deslizar entre aqueles lábios, sorvê-los, chupá-los e lambê-los. No momento em que escrevo, esse comportamento parece muito distante e indesejável, pois a urina, os excrementos e os orifícios por onde são expelidos via de regra seriam coisas das quais eu preferia manter os pensamentos e o rosto afastados. E me alegro por jamais ter me visto de fora nessa situação, pois com o que devo me parecer, senão com um bicho fora de controle devorando uma coisa qualquer? Mas quando essa relação chega ao fim e nos deitamos de costas, olhando para o teto ou um para o outro, temos a sensação de ter voltado de uma viagem. Cobrimo-nos e voltamos a nos comportar tendo por base os nossos rostos, o aspecto reconfortante dos olhos, espelhos da alma, luz da personalidade, e mais uma vez se torna possível conceber a convivência entre homens e mulheres como um acontecimento digno e sagrado.

Camas

Com quatro pés e uma superfície plana e macia, a cama serve a uma das nossas necessidades mais primitivas: é bom se deitar na cama, e é bom dormir na cama noite adentro. A cama fica no quarto, em geral o cômodo mais reservado da casa ou do apartamento, e em casas com dois andares o quarto em geral fica no segundo piso. É assim porque durante o sono estamos em nosso estado mais vulnerável: durante a noite estamos indefesos na cama, alheios a tudo o que acontece ao nosso redor, e sumir de vista nessas horas, esconder-se de outros animais e pessoas, é um instinto profundamente arraigado. A cama também é o lugar para onde nos recolhemos em busca de tranquilidade, uma vez que o sono em geral pressupõe calma e solidão. A cama é portanto quase um esconderijo, mas, na medida em que todos a têm, não se relaciona com nenhum tipo de segredo, mas antes com a discrição. A grandeza radical que a cama, o quarto e o sono ocupam em nossas vidas não é o tipo de coisa em que pensemos com frequência, uma vez que todos se encontram saturados pelos hábitos de uma vida inteira, e justamente por esse motivo são tratados sempre com discrição. No entanto, se fosse possível ver todas as pessoas que se recolhem à cama quando a noite cai em uma metrópole, como por exemplo Londres, Nova York ou Tóquio, se imaginarmos que as construções fossem de vidro e os quartos estivessem iluminados, essa visão seria chocante. Por toda parte haveria pessoas imóveis em seus casulos, em quarto após quarto, por uma extensão de quilômetros, e não apenas nas ruas, estradas e cruzamentos, mas também no ar, separadas por platôs, com pessoas a vinte metros de altura do chão, outras a cinquenta, outras a cem. Seria possível ver milhões de pessoas imóveis que se afastaram de outras pessoas a fim de passar a noite em coma. A relação vertiginosa do sono com o tempo primordial, não apenas com a primeira vida humana nas planícies africanas trezentos mil anos atrás, mas com a vida desde a primeira forma que esta assumiu ao sair das águas quatrocentos milhões de anos atrás, seria assim revelada. E as camas não seriam mais um simples móvel no quarto, comprado em uma loja, mas uma nau que todas as pessoas têm e na qual entram todas as noites a fim de singrar a madrugada.

Dedos

Enquanto escrevo, Linda e Christina estão ao ar livre tomando café na mesa que fica encostada na parede da casa do outro lado do pátio, a talvez doze metros de mim. É uma manhã fria, as duas vestem casacos grossos e as únicas partes expostas do corpo são os rostos e as mãos. A certa altura elas se olham cheias de cumplicidade e sorriem, mas no instante seguinte os olhares separam-se e as mãos procuram cada uma a sua caneca de café, que as duas levam aos lábios para então beber antes de colocá-las de volta na mesa de ferro lavrado. Christina boceja enquanto Linda põe a mão ao lado do rosto, como se quisesse protegê-lo do brilho do sol baixo e frio, e faz um comentário. Não sei o que ela diz, mas vejo que os lábios se mexem, e que a seguir Christina faz um gesto afirmativo com a cabeça. Ela tem as mãos em cima dos joelhos, com os dedos abertos: o material azul é visível entre eles. Estou com Linda há onze anos, e faz o mesmo tempo que conheço Christina. Quando eu as vejo, é como se o olhar o tempo inteiro oscilasse entre as pessoas que são para mim grandezas completas, entidades indiscutíveis (embora não imutáveis), e os detalhes, como o rosto, os olhos, as mãos e os dedos. Sempre distingo os dedos de Linda e de Christina, que são como grandezas metonímicas, uma parte que naquele instante representa o todo. Se não fosse assim, veríamos as outras pessoas como uma cacofonia de partes, órgãos e movimentos que produzem uma interminável corrente de atmosferas, frases e expressões distintas, e viveríamos em um constante estado de confusão. Entendemos a nós próprios da mesma forma, partimos de uma entidade similar quando se trata de quem somos, porém assim mesmo existe uma grande diferença, posto que a entidade em que encapsulamos as outras pessoas não é uma grandeza externa, mas interna. Os outros encontram-se portanto *dentro* de nós, lado a lado com a pessoa que somos para nós mesmos, e como partições ou paredes são coisas desconhecidas no mundo dos pensamentos e dos sentimentos, não parece desarrazoado pensar que todas essas entidades distintas — que não dizem respeito apenas a pessoas, mas também a árvores, mesas, bicicletas, casas, planícies, lagos, gatos, canecas, telefones e lanternas de bolso, apenas para mencionar os primeiros exemplos que me ocorreram — também fazem parte da nossa personalidade, também fazem parte da pessoa que somos, e se relacionam à identidade da mesma forma como os dedos de Christina para mim se relacionam com a pessoa de Christina.

Mas com os meus próprios dedos é diferente. Quando olho para eles, não existe maneira de relacioná-los a quem eu sou. Quando os flexiono em direção à palma da mão e os viro, enxergo quatro irmãos que se parecem uns com os outros e que estão juntos, contra o pai, que se encontra sempre a uma certa distância, mais robusto, mais forte. Os rostos, que são as unhas, são lisos como janelas e assim trazem uma promessa de transparência, que no entanto não se concretiza, porque a coloração branco-acinzentada é impenetrável: as unhas se parecem com pessoas cegas.

Se viro a mão e estendo os dedos, eles se parecem com vermes ou pequenas serpentes em que as unhas fazem as vezes de cabeça, cada uma avançando em seu próprio caminho.

Quando as crianças eram pequenas, com frequência eu fazia um par de dedos caminhar em direção a elas, parar, erguer um dos pés e se inclinar num cumprimento enquanto eu dizia "olá" com uma voz aguda. Eu chamava essa criatura de Homem-Dedo. Para as crianças aquilo era mágico, a ligação que os dedos tinham comigo desaparecia assim que começavam a andar, e para elas aquelas partes do meu corpo se transformavam numa entidade própria, uma criatura independente que caminhava em cima da mesa e parava a fim de cumprimentá-las. Elas gostavam do Homem-Dedo, sorriam e, quando ele se aproximava correndo e atravessava com um salto o abismo que separava a mesa da cadeira, aterrissava na barriga e corria em direção ao pescoço para fazer cócegas, as crianças riam alegres.

Agora, nas raras vezes em que o chamo, uma das minhas filhas se mostra perturbada. Ela logo deve entrar na adolescência, e é ao mesmo tempo frágil e durona, como todas as crianças nessa idade. Se ela vê o Homem-Dedo surgir na mesa e caminhar na direção dela, ela diz: Não, papai. Não faça assim. Se eu continuo, ela se levanta e diz: Eu não quero. Ela ri, pois sabe que aquilo é uma coisa infantil e boba, mas ao mesmo tempo fica perturbada de verdade; consigo ver nos olhos dela e ouvir na voz. É assim, penso eu, porque a questão sobre quem ela é começou a se insinuar pela primeira vez, e junto veio a questão de quem somos nós, os pais e a família dela. O Homem-Dedo me transforma em partes do corpo, e as partes do corpo em criaturas independentes, e como essa é uma das muitas verdades possíveis acerca da realidade — o fato de que o Homem-Dedo realmente não tem nenhum tipo de relação comigo e é uma entidade totalmente voltada para o exterior, como um olho cego —, nessa brincadeira se abre um abismo. As outras crianças são pequenas demais para sentirem-se ameaçadas, enquanto eu sou velho demais. Essa lacuna no meio do mundo permanece aberta somente para aqueles que estão no meio do caminho entre a infância e a idade adulta.

Folhas

As folhas da castanheira começaram a cair sobre a trilha de cascalho no morro, que permanece visível somente aqui e acolá. O salgueiro também perdeu as folhas e precisa ser podado; essa árvore cresce com uma velocidade monstruosa. A copa da macieira também está mais rala, mas lá estão as maçãs, como pequenas lanternas vermelhas em meio aos galhos nus. Comi uma delas esses dias, estão grandes, mais vermelhas do que verdes, e também suculentas, talvez um pouco azedas demais, pode ser que precisem ficar mais uma semana no pé. Atravessei o gramado, comprido, macio e verde, com aquele gosto ácido na boca, e pensei em sabores, nos sabores dos diferentes tipos de maçã, nessa época dos sabores. Quando será que surgiram esses cruzamentos? No século XIX? No século XX? Certos sabores no mundo são idênticos a outros sabores que existiam dois milênios atrás. O aroma levemente exótico, o elemento pouco habitual que por vezes encontramos numa maçã de cultivo doméstico, me alegra. Nessas horas eu com frequência penso na minha avó; ganhávamos maçãs do pomar deles no outono, às vezes um caixote cheio, que passava as semanas a seguir no porão. Ah, o porão deles cheirava a maçãs e a ameixas. Minha avó se ocupava com tudo o que era relacionado a plantas e ao jardim. O filho dela, meu pai, compartilhava desse entusiasmo. Mas não sinto nenhum tipo de continuidade quando penso neles dessa forma, para mim os dois surgem como estranhos. E essa sensação é boa. É como se eu tivesse começado uma coisa nova, uma coisa diferente, que é a minha família. Penso nisso todos os dias, que o que vale é o agora, que é agora, nesses anos, que tudo o que há de importante acontece. Minha vida pregressa cada vez mais parece distante. Já não me ocupo com a minha infância. Não me ocupo com a minha época de estudante, com os meus vinte e poucos anos. Tudo isso parece muito, muito distante. E eu consigo imaginar como vai ser quando o que está acontecendo hoje acabar, quando as crianças saírem de casa, a ideia de que foi naquela época que tudo de importante aconteceu, de que foi naquela época que eu vivi. Por que eu não a apreciei enquanto me encontrava no meio de tudo aquilo? Porque naquela época, eu talvez pense, eu não estava no meio de tudo aquilo. Somente o que escorrega por entre os nossos dedos, somente aquilo que não encontra palavras e não encontra pensamentos existe de maneira total e completa. Esse é o preço da proximidade: não a vemos. Não sabemos que está lá. E então tudo acaba, e então vemos tudo.

As folhas amarelo-avermelhadas que se espalham macias e lisas nas pedras entre as casas. Essas pedras tornam-se escuras quando chove, e tornam-se novamente claras quando secam.

Garrafas

Mesmo que a forma básica da garrafa seja sempre a mesma — um corpo liso e cilíndrico que se estreita no gargalo —, a fisionomia desse objeto é surpreendentemente variada. Entre a garrafa atarracada de gargalo curto e a garrafa esbelta de gargalo longo existe uma infinidade de variações. As garrafas são feitas para armazenar líquidos, em geral líquidos potáveis — os líquidos que não bebemos, como perfume, gasolina e tinta, são geralmente armazenados em vidros, baldes e latas —, e, como acontece com a maioria das formas, a forma das garrafas assume o segundo plano de maneira a dar espaço para o conteúdo, que é o que vemos, aquilo em que pensamos e também o que relacionamos à garrafa: vinho, cerveja, aguardente, refrigerante. O fato de que a garrafa em si é praticamente invisível, de que os pensamentos que acompanham o olhar quase nunca se fixam nela, é notável, uma vez que mesmo assim é sempre a garrafa que decide o que pensamos sobre o conteúdo. Poucas coisas são mais indiferenciadas do que líquidos, e ninguém vê diferença nenhuma entre cervejas quando estão em grandes barris ou tonéis; somente ao ser posta em uma garrafa a cerveja adquire uma identidade própria e transforma-se naquilo em que pensamos ao vê-la, ao mesmo tempo que aquilo que comunica essa identidade, a garrafa, com uma forma e uma cor específicas, desaparece. Para a literatura esse fenômeno vale como ideal, a forma deve deixar marcas no texto, mas não ocupar o primeiro plano, que fica a cargo dos sentimentos e dos pensamentos evocados pelo texto, que são o essencial, ao mesmo tempo que o texto em si, para aqueles que o veem, deve ser frio e transparente como vidro. Outra característica essencial das garrafas é que são itens produzidos em massa. As garrafas chegam em lotes e espalham-se das centrais de produção para os postos de venda e desses para as casas, onde são a tal ponto comuns que seria impossível conceber uma casa sem. Ainda menino, eu pensava nas garrafas como irmãos, e se havia uma garrafa sozinha em cima da mesa, como por exemplo uma daquelas garrafas grandes de vidro marrom da Arendal Bryggeri, com o típico rótulo amarelo que traz a imagem de um navio, eu sentia pena dela, enquanto por outro lado eu me alegrava nas vezes em que a garrafa estava lá com dois ou três de seus irmãos alegres, ou então numa caixa guardada no porão, com toda a turma, como que adormecida. Mas ainda que fossem idênticas, as garrafas adquiriam diferentes significados. Em casa, na mesa da sala, significavam alegria, significavam que o meu pai havia se dado um pequeno luxo, enquanto na rua, na mão dos jovens, era sinônimo de proibição e maldade, ou, nas mãos de adultos, sinônimo de alcoolismo, que era uma coisa horrível sem que eu soubesse por quê, exceto que essa situação envolvia uma violenta perda de dignidade. Havia um único bêbado na minha vizinhança, esse homem morava numa das casas que já existiam antes que o loteamento surgisse, e não sabíamos mais nada a respeito dele. Uma vez em que ele subia o morro empurrando a bicicleta com duas sacolas brancas penduradas no guidom eu me aproximei correndo, incensado pelos meus amigos. Às pressas, afastei as alças para o lado e olhei para dentro de uma das sacolas. Está cheia de cerveja!, eu gritei, e então saí correndo o mais depressa que podia. Ele tem cerveja na sacola! Os outros gritaram "O Egge é um bêbado!", o homem montou vagarosamente na bicicleta e continuou a se afastar enquanto o guidom fazia movimentos erráticos em razão das sacolas. Ainda me lembro do sentimento que tive ao gritar para os outros, pois não havia cerveja na sacola, mas apenas pão e leite; do conforto na ideia de que a verdade não importava, de que eu podia mentir, uma vez que ele não passava de um bêbado.

Resteva

Como pode ser que não nos sintamos mais entusiasmados do que nos sentimos ao dar a volta em uma casa na cidade? Qualquer coisa pode estar à nossa espera. É Witold Gombrowicz quem expressa essa admiração em seus diários. O incerto e o duvidoso, aquilo sobre o que nada sabemos, pertence não apenas à metafísica, diz respeito não apenas às grandes questões, se Deus existe ou o que nos espera após a morte, mas também àquilo que há de mais trivial. Gombrowicz não teve filhos, e mesmo que os houvesse tido não há como ter certeza sobre o tipo de influência que os filhos teriam sobre a visão que tinha do mundo e a maneira de percebê-lo, mas para mim foram duas experiências diferentes ler o diário de Gombrowicz como um homem sem filhos e depois como pai, uma vez que o aspecto mais importante da criação dos filhos, ou da vida com filhos, é justamente cuidar para que tenham um sentimento de que o mundo é um lugar previsível, de que é observável e sempre reconhecível. Para as crianças, o pior que existe é não saber o que vai acontecer, o sentimento de que qualquer coisa pode acontecer. É por isso que as crianças choram quando um Papai Noel de máscara visita a família no Natal. O medo do desconhecido ou do imprevisível está arraigado em nós, naturalmente porque outrora representava uma ameaça à vida, e portanto é recebido com um esforço igualmente primitivo no sentido de neutralizar aquilo que é desconhecido. Uma criança de colo acalma-se com a repetição, uma criança de doze anos depende de que certas coisas permaneçam as mesmas quando o mundo lá fora abre-se de maneira descontrolada. Então, quando um sujeito de quarenta e seis anos dá a volta em uma casa, a certeza de que tudo há de estar conforme se espera revela-se tão profunda que assume o lugar da própria natureza da realidade, e não apenas de uma expectativa.

Quando Olav H. Hauge escreveu que também é possível viver no cotidiano, devia ser nisso que ele estava pensando. Mas ele fez isso com resignação, pois mesmo que o fantástico para ele tivesse relação com a loucura, e trouxesse como consequência uma camisa de força, medicações e as rotinas monótonas de uma instituição, por vezes na forma de internações que duraram anos, o valor do fantástico era grande, porque não apenas trazia um sentimento, mas também uma certeza de que havia um outro nível de realidade, que trazia consigo uma intensidade de vida completamente diversa.

Para mim essa sensação, sem dúvida uma das formas do êxtase, não passa de uma teoria. Leio os poemas mais antigos de Hauge e penso que aquilo era uma forma de êxtase contido, uma forma de trazê-lo à terra, enquanto os últimos poemas, descritos nos diários de maneira levemente depreciativa como o resultado de forjar em fogo brando, não têm nenhum tipo de contato com essa dimensão. Mas, enquanto nos poemas mais antigos ele tentava se proteger do êxtase, que vinha de cima, nos últimos poemas ele tentava evocá-lo de baixo, com os meios de que dispunha: pássaros e maçãs, neve e machados. Porém sem resultado:

as coisas e os animais permaneciam tangíveis, embora não da mesma forma como antes, porque com o olhar e as palavras de Hauge punham-se a brilhar de leve.

É até esse ponto, porém não mais além, que penso quando levo e busco as crianças de carro até a escola e vejo a resteva marrom-pálida nas lavouras ao longo da estrada, pois essa vegetação em casos excepcionais também pode brilhar de leve sob os raios da luz amarelo-queimado emitida pelo sol baixo de outono. Mas em geral o que ocorre é o contrário: a resteva parece absorver a luz, como todo o panorama faz no outono enquanto se estende, pálido e úmido, sob o céu incolor de luz fraca. Mesmo quando se concentra, como faz quando seus diversos acontecimentos apontam todos na mesma direção — o vento sopra, a chuva cruza o ar, o carro sobe o morro, à esquerda resteva, à direita terra, o céu azul-cinzento, a luz escassa, a vista do mar tomada pela neblina, o motorista inclinado para a frente a fim de ver melhor através do para-brisa trêmulo em razão da chuva e um falcão que de repente surge voando com as grandes asas abertas —, o panorama não é outra coisa que não ele próprio, e a vivência do motorista nessa altura, nesses momentos de um vertiginoso sentimento de intensidade da vida, não se deve ao fato de que uma coisa se abriu, mas, pelo contrário, ao fato de que uma coisa tornou-se mais densa. A tristeza que vem a seguir, causada pela impressão de que não há nada além daquilo, é o que Gombrowicz, que detestava ideias acerca de tudo o que é elevado, desmancha em especulações sobre coisas pequenas.

Texugos

Seria possível imaginar que o texugo, com o focinho característico em preto e branco, que não se parece com mais nada que exista na fauna do norte, e o corpo largo e por assim dizer atarracado, pareceria notável o bastante para que se contassem histórias a seu respeito. Seria possível imaginar que ver um texugo fosse um acontecimento repleto de significado. Mas não é o que acontece. Enquanto o urso, a raposa e o lobo ocupam lugares importantes na antiga mitologia popular, o texugo praticamente não é mencionado. Em razão disso, não lhe são atribuídas características humanas: o texugo não é nem bom nem astuto nem ingênuo nem mau, mas tem um jeito vago e evasivo. Como é um texugo, afinal? No aspecto, se parece com a marta, e se parece com o urso porque também hiberna durante o inverno. O texugo vive em clãs formados por dez ou quinze animais, quase sempre em florestas densas e quase sempre perto de áreas abertas, onde à noite busca alimento. O texugo mantém uma ligação muito estreita com a terra; ele cava galerias subterrâneas que às vezes são usadas durante séculos. É lá que ele dorme ao longo do dia e durante todo o inverno. Além disso, o texugo encontra boa parte do alimento na terra, uma vez que sua dieta baseia-se em minhocas. O fato de que o texugo não foi trazido para a nossa cultura permite-nos ver o que a cultura faz com outros animais em relação aos quais temos certo controle, uma vez que os conhecemos e com eles povoamos as histórias contadas aos nossos filhos. O texugo existe longe de tudo isso; é como se tivesse sido preservado, e quando ele surge e nos encara na orla da floresta, sem que saibamos, emprega o mesmo olhar de todos os demais animais selvagens, um olhar atento, cauteloso e reflexivo que não podemos compreender em sua natureza própria. Esse é o mundo rasteiro. O mundo do chão da floresta, por onde aquele corpo atarracado desliza ao caminhar, e o mundo da terra, onde ele mete as patas e o focinho, e também onde se enfia em galerias para dormir por meses a fio durante o inverno. Essas galerias devem ter o cheiro escuro da terra. Quanto a mim, só vi o texugo um punhado de vezes, sempre no mesmo lugar: em frente à casa onde eu morei durante a minha adolescência, na orla da floresta, com vista para uma lavoura e um rio — um cenário perfeito para os texugos. Era uma floresta mista, quase impenetrável, e do outro lado, a talvez vinte metros da casa, havia um córrego que seguia em direção ao rio. Eu costumava acompanhar o leito do rio desde a estrada; assim era possível atalhar. Certa tarde eu voltava para casa — era verão e o céu estava claro — quando um texugo se aproximou ao longo da estrada. Eu já tinha ouvido falar que os texugos eram capazes de destroçar ossos com uma mordida e pulei para o meio-fio com o coração acelerado. O texugo parou, olhou para mim e claramente avaliou a situação para decidir se poderia ou não passar do meu lado. No fim ele decidiu que não, e então se virou e voltou até desaparecer no leito do córrego. Naquele verão eu comecei a trabalhar numa estação de rádio local e pegava ônibus para ir e voltar da cidade todos os dias, de maneira que eu passava por aquele mesmo lugar diversas vezes na semana. O texugo claramente tinha hábitos regulares, pois eu o encontrava com frequência, caso fosse realmente o mesmo. Às vezes eu ouvia quando ele se aproximava, e então me afastava para não impedir os movimentos do texugo. Nessas horas ele não olhava para mim, simplesmente aparecia na estrada e seguia adiante. Estávamos juntos naquilo, esse era o sentimento que eu tinha. Eu desejava tudo de bom para aquele bicho. Quando dirijo pela estrada em direção a Malmö e vejo um desses belos texugos com listras pretas e brancas no focinho caído imóvel e ensanguentado na estrada, me sinto tomado por uma fúria opaca e desesperançosa, porque aquilo que o matou é uma estrutura que eu ajudo a sustentar, e que é tão boa para mim que não estou disposto a abandoná-la. E, mesmo que eu a abandonasse e parasse de dirigir, não faria nenhuma diferença, nem para o aquecimento global nem para os animais que morrem atropelados na estrada. É um pecado original que pertence a todos, e só pode ser vencido por todos.

Bebês

Segurar um bebê de colo junto ao corpo é uma das maiores alegrias da vida, talvez a maior. Isso vale enquanto o bebê recém-nascido é tão pequeno que o corpinho diminuto praticamente cabe na palma da mão de um adulto, enquanto o olhar do bebê parece fugaz e apenas em momentos excepcionais fixa-se em um ponto determinado, quando percebemos que aquela forma de estar no mundo é um fenômeno quase exclusivamente sensorial: o calor e a maciez do corpo em que o bebê se aconchega, o leite morno que lhe enche a barriga, o sono que lhe impõe uma vitória deliciosa a cada intervalo de horas. Para o bebê recém-nascido, tudo se resume a apagar as diferenças entre ele próprio e o ambiente, para que tudo se torne quente, próximo, macio. Uma queda brusca de temperatura faz com que se abra um abismo entre o bebê de colo e a realidade, e o mesmo efeito pode ser causado por um barulho ou um movimento repentino, e então o bebê chora.

Satisfazer exigências simples como essas é prazeroso porque é simples, porque é uma forma de interação, um ritmo, uma canção, e porque a proximidade que o bebê exige atende a uma vontade que é quase um desejo: proteger, doar-se, cuidar. Para mim, como homem, segurar um bebê junto do corpo é a única proximidade física que conheço afora o sexo. Como é para as mulheres, não tenho como saber, mas dizer que deve ser diferente não seria uma afirmação muito ousada. Talvez porque um homem precise ser muito homem para não se transformar em mulher quando vive simbioticamente com um bebê de colo junto ao corpo.

Quando a criança se aproxima do primeiro ano, tudo é diferente, a não ser a alegria de segurá-la junto ao corpo. Acontece cada vez menos, porque o que se exige nesse momento é o oposto, a criança precisa — e quer — expor-se ao abismo que a separa do mundo. Ela engatinha pelo chão e tem lugares a explorar: um fio, uma prateleira de sapatos, um aspirador de pó; a criança procura o tempo inteiro fazer contato visual com os outros membros da família durante as refeições, ri quando os outros riem, abana quando os outros abanam. Os olhos tornam-se rápidos, por vezes até mesmo sapecas, e com frequência alegres. Muitas das palavras que circulam ao redor de um bebê de colo encontram-se há muito tempo arquivadas e identificadas, mesmo que ainda não seja capaz de usá-las: encontram-se como que em um depósito. O mesmo ocorre com os movimentos vindouros. Agarrar-se à perna da mesa e levantar-se aos poucos, ficar de pé, e logo, com o peito repleto de surpresa, emoção, medo e alegria: os primeiros passos. Mas, quando já está no mundo por conta própria há tempo suficiente, talvez breves dez minutos, talvez meia hora inteira, a criança sente o desejo de voltar à proximidade, ao corpo adulto que a ergue e a estreita junto de si. Quando então a criança aconchega a cabeça naquele peito, em um gesto de confiança absoluta, os sentimentos que brotam no adulto são irresistivelmente bons. Por quê? Não é a vulnerabilidade o que nos leva a baixar a guarda, segundo me parece, nem aquilo que nos atinge em cheio o coração: é a inocência. Pois sabemos quantas dores o mundo vai causar, sabemos que a vida há de ser difícil e complicada e que há de provocar o surgimento de séries inteiras de mecanismos de defesa, estratégias de fuga e métodos de autopreservação por ocasião das complexas interações com o ambiente social que uma vida completa inclui, para o bem e para o mal. Nada disso existe num bebê de colo: a alegria que lhe ilumina os olhos é totalmente pura, e o corpo adulto em que aconchega a cabeça ainda é o lugar mais seguro que conhece.

Carros

Por muito tempo imaginei que eu não era o tipo de sujeito que dirigia carros, que eu não conseguiria, que o meu forte eram frases e abstrações, imagens e pensamentos, enquanto tudo que envolvia mãos e pés, pedais e alavancas estava fora do meu alcance. Em um dos meus pesadelos recorrentes na época eu me encontrava em um carro na estrada, sem carta de motorista; eu acordava com a mesma angústia que sentia quando sonhava que havia cometido um assassinato ou sido infiel. Tirei a carta de motorista aos trinta e nove anos, e durante todo o primeiro ano o ato de dirigir, especialmente na estrada, parecia uma transgressão. Eu sempre era tomado pela angústia ao devolver a chave na locadora de carros durante as tardes de domingo, mais ou menos como a angústia que eu sentia no dia seguinte a uma bebedeira. Aquilo devia ser resultado da ativação de um reflexo protestante, segundo o qual toda a liberdade tem um preço, que no meu caso era a angústia. Para a minha mãe, responsável por essa herança protestante, dirigir um carro não envolve nenhum tipo de culpa, talvez porque mantenha uma relação direta com a ética de trabalho dela; praticamente todos os dias, há quase cinquenta anos, ela vai e volta de carro para o trabalho, com o suor do próprio rosto. Para o meu pai o elemento protestante provavelmente estava ligado à virtude da minha mãe, e o fato de que ele sempre dirigia em alta velocidade, sempre ultrapassava outros carros, nunca tinha medo de assumir riscos, eu hoje vejo como uma tentativa de fugir de todas as regras, de todas as proibições, de todos os deveres e de todas as interferências em seu mundo. Do ponto de vista político o meu pai era liberal, a favor das liberdades individuais e contra o estado forte, enquanto a minha mãe por outro lado era a favor do estado forte e solidária em relação aos mais fracos. Seria necessário dizer que minha mãe dirigia sempre devagar e com cuidado? Quanto a mim, comprei o meu primeiro carro quatro anos atrás, uma Multivan branca da Volkswagen que ainda dirijo. É um carro grande e pesado, tem pouco motor e leva muito tempo para ganhar velocidade. Mesmo assim eu gosto dele, porque tem sete assentos e bastante espaço, e depois de tê-lo deixado com amassões e arranhões em três episódios diferentes no primeiro ano eu aprendi a estacioná-lo em vagas apertadas. A angústia da transgressão desapareceu, e hoje dirijo com consciência, talvez porque a direção já não esteja mais ligada à liberdade, mas ao hábito e à utilidade. Eu dirijo depressa, mas não muito depressa, e não assumo riscos. O que mais gosto de fazer enquanto dirijo é conversar com as crianças, porque um espaço surge entre nós enquanto avançamos pelo cenário aberto, é como se a distância entre aquilo que as crianças pensam e aquilo que falam deixasse de existir no interior do carro, como se de repente pudessem falar comigo sobre qualquer assunto. Quando as enormes massas de nuvens pairam imóveis no horizonte do céu azul, ou quando a chuva bate contra o para-brisa, criando padrões irregulares que no instante seguinte são apagados pelo limpador de para-brisa, sou capaz de sentir uma profunda felicidade. Esse sentimento às vezes torna-se particularmente intenso na floresta que margeia a orla nessas tardes de outono, em meio à reta e extensa passagem entre as árvores com galhos despidos de folhas, quando os carros vêm em nossa direção já durante o crepúsculo, com faróis acesos, vidraças escurecidas e carrocerias reluzentes, sob as quais arde um fogo arcaico.

Solidão

É bom estar sozinho. É bom fechar a porta e por um tempo não estar com outras pessoas. Nem sempre foi assim. Quando eu era criança, estar sozinho era um problema ou um defeito, muitas vezes doloroso. Se alguém estava sozinho, era porque ninguém queria estar com aquela pessoa, ou porque não havia ninguém por perto. A ausência dos outros era incondicionalmente negativa. Estar com os outros era bom, estar sozinho era ruim; essa era a regra. Mesmo assim, nunca me perguntei o que ocorria com o meu pai, que passava muito tempo sozinho. Ele era uma criatura soberana, tudo a respeito dele era como devia ser, e nunca me ocorreu que a solidão dele também pudesse ser um problema ou um defeito, uma coisa dolorosa. Ele não tinha amigos, somente colegas, e passava a maior parte das noites sozinho no porão, ouvindo música ou mexendo na coleção de selos. Meu pai evitava a intimidade social, nunca pegava ônibus, nunca cortava o cabelo em um salão de cabeleireiro, nunca era um dos pais que enchia o carro de crianças para ir a uma partida de futebol. Eu não me dei conta de nada disso naquela época. Só depois que o meu pai morreu e encontrei o diário que ele mantinha eu pude analisar a vida que ele levava de acordo com essa perspectiva. Ele se ocupava muito da solidão, tinha pensado muito a esse respeito. "Eu sempre pude reconhecer os solitários", ele escreveu no diário. "Eles não caminham do mesmo jeito que os outros. É como se não trouxessem nenhuma alegria, nenhuma fagulha, a despeito de serem homens ou mulheres." Em outro trecho ele escreveu: "Estou em busca de palavras para o oposto da solidão. Eu gostaria de encontrar uma palavra diferente de amor, insuficiente e destruída pelo uso. Ternura, paz da alma e da consciência, companhia?". Companhia seria uma boa palavra. É o oposto da solidão. Não sei por que ele não percebeu. É um dos melhores sentimentos na vida, talvez o melhor. Mesmo assim, eu muitas vezes faço como ele: fecho a porta e fico sozinho. Eu sei por que ajo dessa forma, é bom estar sozinho, passar umas horas totalmente longe de todos os laços complicados, de todos os pequenos e grandes conflitos, de todas as exigências e expectativas, de todas as vontades e desejos que surgem entre as pessoas, e que logo se entretecem numa malha tão densa que tanto o espaço para a ação como o espaço para a reflexão acabam reduzidos. Se tudo o que se movimenta entre as pessoas fizesse barulho, seria como um coro, um enorme murmúrio de vozes haveria de erguer-se mesmo com um simples brilho no olhar. Será que o meu pai também sentia isso? Talvez de forma ainda mais intensa do que eu? Pois ele começou a beber, e a bebida abafa esse coro e faz com que seja possível estar com outras pessoas sem ouvi-lo. Pelo menos é o que parece. A frase que ele usou para encerrar a entrada do diário jamais poderia ter sido escrita por mim: "Em suma, o que tentei desastradamente expressar é que eu sempre fui um homem solitário". Ou — uma sugestão que se oferece agora com certa dose de horror — teria sido o contrário? Será que ele não ouvia esse coro, não o conhecia e portanto não se deixou cativar por ele, e assim passou a vida inteira do lado de fora, vendo que todos os outros estavam ligados, mas sem compreender pelo quê?

Experiência

Ontem li num livro uma frase que me chamou a atenção por ser muito jovem. O narrador em primeira pessoa demonstra preocupação por sentir que nos últimos tempos sofreu uma estagnação intelectual. Lembro que eu também me preocupava com isso nos meus vinte anos. Talvez fosse até pior do que isso, porque se alguém sente que estagnou, pressupõe-se que pelo menos tenha havido um movimento. Eu via as minhas falhas intelectuais, a inércia do pensamento que se destacava como uma das minhas características, e que no fundo era imutável, porque fazia parte do meu caráter. A angústia de simplesmente não conseguir entender o que eu lia, como por exemplo o livro *Revolution in Poetic Language* de Kristeva ou qualquer coisa escrita por Lacan. E de certa forma eu tinha razão, aquilo era uma falta, o conhecimento de um certo tipo em um determinado nível de dificuldade simplesmente não era para mim, eu era burro demais, pois em relação a isso nada mudou: quando nas tardes dessa primavera eu me deito e leio o livro que Safranski escreveu sobre Heidegger, não entendo as interpretações filosóficas, não percebo o que aquilo significa, por mais que eu me esforce. Pior ainda é quando eu tento ler o que o próprio Heidegger escreveu. Mesmo que eu imagine que Heidegger tenha escrito sobre o que significa ser uma pessoa, e mesmo que eu também seja uma pessoa, de maneira que esses pensamentos e insights também dizem respeito a mim, de nada adianta: simplesmente não são para mim. Quando eu tinha vinte e cinco anos era doloroso me relacionar com essa consciência, e mesmo que eu não a reprimisse de maneira direta, eu a distorcia e tentava me convencer de que não era necessariamente assim. Naquela época havia muitos aspectos da minha vida concentrados no desejo de ser alguém, minha ambição era muito grande, mas, como a ambição é cega, uma vida sob a ambição é uma vida limitada. Tudo bem que eu acredito que em geral ter vinte e poucos anos é limitante. A força é grande nessa idade, e quando olhamos para a frente nosso olhar se fixa em tudo aquilo que está por vir — em relação ao que nos rodeia, as coisas que trazem uma promessa futura são as mais importantes. Ao mesmo tempo, e essa é uma constatação terrível, esse olhar rumo ao futuro depara-se o tempo inteiro com limitações de caráter, choca-se o tempo inteiro contra uma sensação de inércia — e nisso reside o medo juvenil de uma estagnação intelectual. Fazer quarenta anos é se dar conta de tudo isso, de que as limitações vão nos acompanhar vida afora, mas também é saber que durante todo esse tempo, queiramos ou não, saibamos ou não, o tempo inteiro novas camadas são postas em nosso caráter, novos conhecimentos e novos insights que não se voltam para a frente, mas que existem no aqui e no agora, naquilo que você faz todos os dias, naquilo que você pensa sobre o que acontece e naquilo que você compreende do que acontece. Essa é a experiência. A força dos vinte anos já não existe, e a determinação é menor, porém a vida é mais rica. Não em sentido qualitativo, mas puramente quantitativo. Quando leio a biografia de Heidegger escrita por Safranski, não entendo nada da filosofia dele, mas entendo a *pessoa* dele, no sentido de que tudo aquilo que compunha a vida dele não me parece estranho nem difícil, mas compreensível e pleno de sentido. E pelas manhãs, quando chega a hora em que as crianças precisam acordar, se vestir, tomar banho, comer, cada uma com um humor diferente num diferente estágio da vida, com diferentes problemas e diferentes alegrias, o jeito é fazer com que tudo ande, com que tudo funcione, o que exige um conhecimento que não se encontra registrado em lugar nenhum, que não se pode estudar nem encontrar nos livros, mas que todos os pais detêm, talvez sem lhe atribuir o devido valor, justamente porque esse é o oposto da ambição, que não se apresenta concentrado nem limitado, e tampouco voltado para tudo aquilo que está por acontecer, como um triunfo futuro, e por isso é também praticamente invisível. Assim funciona a experiência: sedimenta-se ao redor do eu, que, ao ter cada vez mais oportunidades, torna-se cada vez mais intangível: um grande sábio entende que o eu não é nada em si mesmo.

Piolhos

Uma das minhas filhas está na minha frente com a cabeça levemente inclinada por cima da mesa, quase embaixo da lâmpada suspensa no teto da sala de jantar. Eu penteio os cabelos dela com um pente especial. Os dentes são longos, de metal, e tão próximos uns dos outros que qualquer sujeirinha que esteja nos cabelos é apanhada. Depois de cada movimento pelos cabelos, bato os dentes do pente contra uma folha de papel branco que está em cima da mesa. De vez em quando uns pontinhos escuros caem em cima da folha. Não sabemos direito o que são, mas acreditamos que sejam lêndeas. Se os pontinhos são grandes, olhamos mais de perto para ver se estão se mexendo. Ai!, ela diz quando o pente se enreda nos cabelos e eu faço um pouco de força para continuar a pentear. Me desculpe, eu digo. Mas a gente precisa continuar. Eu sei, ela diz. Mas você não precisa arrancar os meus cabelos, né? Não, eu digo, e então bato o pente em cima da mesa e vejo uma criaturinha prateada em cima da folha, como que desorientada. A criaturinha dá alguns passos em cima daquela superfície implacavelmente branca. Papai, é um piolho!, ela diz. Estou vendo, eu digo. Então mate-o!, ela diz. Posiciono o dente mais da ponta em cima daquele minúsculo ser e aperto-o contra a folha. Depois de pentear todo o cabelo e encontrar mais dois piolhos, vamos ao banheiro. Ela tira a blusa, eu coloco uma toalha nos ombros dela, passo loção contra piolhos na palma da mão e a esfrego nos cabelos e na cabeça dela. Quinze minutos depois ela tem o corpo inclinado para dentro da banheira, com a cabeça embaixo do chuveiro, que eu seguro na mão, enquanto a espuma da loção escorre vagarosamente sobre um pequeno córrego de água que desce pelo ralo. E então o procedimento se repete com as duas outras crianças, antes que eu o aplique também a mim. É muita coisa para um inseto tão pequeno; os piolhos não têm mais do que uns poucos milímetros e não fazem nenhum grande estrago: simplesmente chupam um pouco de sangue e colocam alguns ovos. Eles vivem cerca de um mês antes de morrer, secar e cair dos cabelos, enquanto os descendentes continuam a provocar uma leve irritação comichante na cabeça. Uma geração atrás essa comichão era o suficiente para colocar o céu e a terra em movimento: todas as roupas de cama eram lavadas a noventa graus, todos os pentes e escovas eram fervidos ou colocados no freezer e todas as toucas e cachecóis recebiam o mesmo tratamento. Ter piolho era vergonhoso, e esse não era um assunto sobre o qual as pessoas falassem. A vergonha era uma herança da época em que os piolhos eram sinal de sujeira e pobreza e revestiam-se de um aspecto meio animalesco: eram os cães que acabavam com os pelos cheios de pulgas, e os macacos que passavam o tempo inteiro se coçando. Quando tivemos piolhos em casa pela primeira vez, três anos atrás, não sentimos vergonha nenhuma, porque já éramos pessoas modernas e sabíamos que os piolhos eram um inseto que se espalhava por escolas e jardins de infância, em cabelos recém-lavados e não lavados. Lemos na internet que os piolhos transmitem-se somente através do contato direto com o cabelo de outras pessoas, e que portanto não era preciso ferver nem congelar as roupas de cama. Compreendemos que aquilo tinha uma função simbólica, como um ritual de purificação. Agora, enquanto nos coçamos como macacos ao redor da mesa do café, e os piolhos, que chegam no outono, parecem ter vindo para ficar, uma vez que retornam semanas após o tratamento contra piolhos, já não me sinto nem um pouco moderno, mas tomado por um sentimento antigo: a vergonha por sermos uma família que tem piolhos.

Van Gogh

Na verdade Van Gogh não foi pintor. Pelo menos não se ao pensar em um pintor imaginamos uma pessoa com facilidade para pintar, uma pessoa que já deu mostras de talento e talvez na infância tenha desenhado pessoas e lugares próximos de forma que o percurso da vida, com uma escola de artes, aulas de pintura e desenho tomadas com artistas, tenha parecido óbvio, ainda que talvez cheio de obstáculos, para a família e os amigos. Van Gogh não tinha facilidade para desenhar nem pintar, e nenhuma das pessoas ao seu redor imaginou que aquele menino pudesse vir a ser artista. Ele começou somente aos vinte e sete anos. Antes, trabalhou como vendedor de arte, vendedor de livros, assistente de professor e pregador leigo. Mas ele tinha determinação e uma chama que ardia por dentro, e não encontrou sossego em nenhum dos trabalhos que começou. As pinturas dos primeiros anos são fracas, ele não tinha nenhuma técnica, as formas são atarracadas, as cores são escuras, e o que ele tentava fazer era ordinário. Não que fosse na verdade um visionário que ainda não dominava a técnica que futuramente usaria para expressar suas visões; nessa primeira época Van Gogh parecia brigar com as cores simplesmente para conseguir fazer *alguma coisa* que *pudesse ser chamada* de pintura. A maior dificuldade dele era pintar figuras humanas, o corpo humano e sua expressão — uma dificuldade que perdurou durante todo o tempo em que foi artista. Se Van Gogh tivesse vivido no Renascimento ou no Barroco, ou mesmo durante o Impressionismo, jamais o teriam levado a sério. Ele não passaria do amigo com menos talento ainda de um amigo já sem talento, aquele de olhar ardente, que bebia demais e de quem ninguém gostava, pois o caráter de Van Gogh dependia de ser perdoado, mas quem poderia oferecer perdão a um mau pintor?

Uma das características do Renascimento, do Barroco e do Impressionismo é capturar parte da essência do motivo, reproduzir parte de sua essência objetiva, a coisa, o rosto, a árvore, como o arminho de Leonardo nos braços da dama, onde o encontro do elemento animal com o elemento humano parece inesgotável, e ainda hoje, quinhentos anos depois, vivaz. Ou o uso que os impressionistas fizeram da luz, que prende o espaço a um determinado instante no tempo e assim suprime a transitoriedade, que só pode ser mostrada dessa forma. Essa aura de objetividade se encontra totalmente ausente em Van Gogh, mesmo que ele tenha se tornado um artista de primeira ordem em razão das inúmeras pinturas emblemáticas concluídas nos últimos anos de vida. Os panoramas não despertam os sentimentos geralmente despertados por panoramas, é como se ele não estivesse preso àqueles lugares, como se estivesse indo embora e lançasse um último olhar em direção ao mundo. Essa leveza parece muito estranha e não se assemelha a mais nada. E a leveza não se encontra na técnica, como acontece no caso de outros pintores, pois Van Gogh perdeu a batalha contra a técnica: essa leveza tem outro caráter. Ao abandoná-la, Van Gogh ganhou outra coisa, uma despreocupação que permite ao mundo se mostrar completamente despido de tudo aquilo que pensamos. Van Gogh tentou comprometer-se com o mundo, mas não conseguiu, tentou comprometer-se com a pintura, mas não conseguiu, e assim se ergueu acima de ambos e comprometeu-se com a morte: somente dessa forma o mundo e a pintura tornaram-se possíveis para ele. Pois toda a força nessas pinturas, toda a luz maníaca e toda a extraordinária capacidade de impregnação, que lhes permite causar a impressão de que o céu mistura-se à terra para elevá-la, é condicionada por um olhar derradeiro.

Migração

Certa tarde de outono eu tiro a louça limpa da máquina de lavar enquanto frito salsicha e preparo macarrão, e quando a máquina fica vazia encho-a com os pratos sujos do café da manhã. Despejo na lixeira meia tigela de flocos de aveia tão encharcados de leite que já quase se desmancharam, junto com uma lata de patê vazia, amarro o saco de lixo, retiro-o da lixeira, baixo a potência do fogão e saio para o pátio com o saco na mão. Está chuviscando, o céu está cinzento e o ar totalmente imóvel. Acima de mim ouço um grasnado, depois outro, e então olho para o céu. Cerca de dez gansos aparecem voando em formação. Consigo ouvir o bater das asas enquanto os pássaros estão lá no alto, com pescoços estendidos e movimentos ondulantes. Depois que eles passam, continuo meu caminho até o contêiner de lixo, jogo o saco lá dentro e por um instante fico olhando para o jardim amarelo, marrom e verde-pálido. Tudo brilha com a umidade. Caso eu saia ao gramado, sei que meus calcanhares vão atravessar a grama e afundar-se na terra.

Na cozinha a salsicha já adquiriu uma película marrom, em especial nas bordas, ao mesmo tempo que inchou de leve e ganhou uma aparência mais volumosa. O macarrão, que acompanha os redemoinhos de água fervente, já está pronto. Viro a panela em um escorredor dentro da pia e balanço-o. Em mim a migração dos pássaros vive uma vida própria. Não penso naquilo, mas assim mesmo está lá, no meu fluxo de emoções e pressentimentos, que de vez em quando se revela em imagens. Não imagens claras e nítidas, como fotografias, porque não é assim que o mundo exterior desenha-se em nós, mas como que através de frestas: copas escuras, um céu, e então o som daquelas asas que batiam no ar. Aquele barulho desperta sentimentos. Que tipo de sentimentos?, penso ao escrever. Eu os conheço muito bem, mas apenas como sentimentos, não como ideias ou conceitos. O barulho das asas de pássaros que batem a talvez quinze metros de altura, ouvido por duas ou três vezes todo outono há quarenta anos.

Outrora, na infância, o mundo era interminável. África, Austrália, Ásia, Estados Unidos, todos esses eram lugares fora do horizonte, distantes de tudo, com reservas inesgotáveis de animais e paisagens. Que fosse realmente possível fazer uma viagem e conhecê-los parecia tão inconcebível quanto fazer uma viagem para um dos muitos livros que eu lia naquela época. Mas aos poucos, pois não foi um insight repentino, comecei a entender o que significava a migração dos pássaros — o fato de que voavam toda aquela enorme distância com as próprias forças, e de que o mundo não era infinito, mas limitado, e de que nem o lugar de onde saíam nem o lugar a que chegavam eram abstratos, mas concretos e locais.

Foi isso o que pressenti enquanto eu enfiava a espátula por baixo das salsichas e as colocava no prato verde, para depois virar o macarrão em uma tigela de vidro. O mundo é material. Estamos sempre em algum lugar. Agora eu estou aqui.

•

Navios-tanque

Quase todos os meus sonhos passam-se em um cenário do qual me afastei há muito tempo, como se eu tivesse deixado para trás uma coisa que não foi levada ao fim. Em particular Arendal, a pequena cidade no sul da Noruega onde cresci e da qual parti há mais de trinta anos, é o cenário de inúmeros sonhos.

Nas fotografias de Arendal tiradas no fim do século XIX, vê-se um grande número de mastros no porto. Arendal era uma cidade de comércio marítimo. Era lá que moravam os armadores e marujos, e mesmo que a maioria dos navios transportasse cargas de madeira das grandes florestas norueguesas ao continente e à Grã-Bretanha, e mesmo que a maioria das rotas passasse pelo mar do Norte, essas coisas todas eram apenas parte de uma rede que se estendia pelo mundo inteiro, cujas coordenadas também incluíam lugares distantes e exóticos como China e Bornéu. Um navio de escravos naufragou na costa de Arendal no século XVIII; um navio a bordo do qual se encontrava Wagner buscou um porto de refúgio por lá no início do século XIX, um acontecimento que se encontra descrito em *O holandês voador*;

e foi de Arendal que Nansen zarpou em sua primeira expedição rumo ao Ártico.

Quando eu cresci por lá, na década de 70, tudo isso havia desaparecido. Nada de mastros no porto e nada de grandes navios a caminho de Galtesund, à exceção do ferry para a Dinamarca. Claro que havia uma escola naval em Arendal, e também um estaleiro, e por lá ainda moravam tanto armadores quanto capitães, mas a cultura marítima já não deixava marcas na cidade, tudo isso estava desaparecendo aos poucos, ou então havia se tornado propriedade particular e parte da vida recreativa, como se podia ver na miríade de pequenas embarcações que na primavera e no verão singravam as águas da cidade, e que em dias de sol enchiam o arquipélago.

Mas depois aconteceu uma coisa. Veio a crise do petróleo, e os enormes navios-tanque que pertenciam formalmente à cidade, porque eram propriedade de armadores locais, e que passavam o tempo inteiro navegando e jamais eram vistos por lá, não tinham mais nenhuma rota a cumprir. E então os navios voltaram para casa. De repente eles estavam lá, ancorados no estreito entre Hisøya e Tromøya. Esses navios eram gigantescos. Erguiam-se acima das casas e das encostas, e eram visíveis de todas as partes. Pareciam coisas de uma outra época. Mesmo que fossem de metal, resultado de uma tecnologia e de uma engenharia que não poderiam ter existido poucas gerações atrás, não pareciam ter vindo do futuro, mas do passado. Talvez porque fossem ao mesmo tempo simples e primitivos, e tão grandes que, numa época em que tudo se tornava cada vez menor, davam a impressão de ter surgido na mesma época primordial em que os deuses existiam. Aqueles navios não pertenciam àquele lugar, mas assim mesmo eram mais bonitos do que qualquer outra coisa, e durante as primeiras semanas foi impossível tirar os olhos deles. Permaneciam completamente imóveis, como que fechados em si mesmos, não havia nenhum tipo de acesso, nada que os abrisse: os navios afastavam tudo. Mais de quarenta anos depois de os ter visto, eles ainda vivem em mim: sonhei com eles ontem à noite. Eu estava na escola naval, olhando para o estreito entre as duas ilhas, onde ficavam os navios-tanque. No instante seguinte eu estava muito perto. Fascinado, vi o casco erguer-se à minha frente como uma encosta rochosa, enquanto a âncora, pesada como um tronco, afundava silenciosamente nas profundezas. Os sonhos pertencem a uma camada ancestral em nós, e constituem uma forma de consciência que compartilhamos com os animais. Quando acordei, pensei que era daquela forma que o mundo deve existir para eles, e que deve ser daquela maneira que os animais veem todas as nossas construções, todos os nossos arranha-céus, pontes e veículos. Pois nesse sonho os navios-tanque não significavam nada, simplesmente estavam lá, ao mesmo tempo que a impressão que causaram me preencheu por inteiro.

Terra

No fim da tarde, enquanto a escuridão caía e eu trazia as crianças da escola para casa, vi pelos terrenos do caminho luzes que avançam devagar: eram tratores. Mais adiante, no fim da planície, onde a estrada faz uma curva de noventa graus, passamos bem perto de um deles. Estava parado, e a luz dos poderosos faróis abria uma grande caverna em meio à escuridão. A terra, que em certos pontos brilhava, estendia-se até onde a vista alcançava como um assoalho. Me ocorreu pensar naquele trator como se fosse um ser vivo que passava meses hibernando para então acordar na primavera, quando esta por assim dizer ergue-se em direção ao céu com as mais variadas expressões: campos amarelos de colza, lavouras verde-pálidas de cereais, que ao longo do verão tornam-se bege-amareladas e depois somente bege, pastos verde-amarelados, campos verdes de cebolas, batatas, cenouras, beterrabas. E que a terra, após um esforço gigantesco como aquele, buscava descanso, e sem resmungar deixava que tudo fosse cortado, colhido e armazenado, para então ser mais uma vez deliciosamente revolvida antes que o inverno a esperasse com o descanso.

Mas não é assim. A terra é uma coisa morta — ou não viva, o que talvez seja uma denominação mais abrangente para esse tipo de existência. A terra é não viva, mas abriga vida e nesse sentido assemelha-se ao mar, que também é não vivo e abriga vida. Porém, ao contrário da água do mar, que é uma simples ligação química entre dois elementos básicos, hidrogênio e oxigênio, na qual outros elementos e minerais flutuam, mas jamais se misturam, e que não pode se alterar sem transformar-se em outra coisa, a terra é ao mesmo tempo impura e mutável. A terra não é aquilo que surge, mas aquilo que sobra, ela consiste de restos, como a areia deixada pelas pedras, a matéria orgânica deixada por animais e plantas e os minerais que foram levados pela água ou pelo vento até onde se encontra, além de gases e líquidos. Enquanto a água é uma substância transparente e neutra, a terra apresenta uma coloração preta, como a noite e como tudo aquilo que não é. Que seja justamente da terra que a vida brota a cada primavera, e que essa vida surja com uma força tão indômita, como se quisesse afastar toda a morte em que se encontra arraigada, me faz pensar que deve haver certa razão na antiga ideia gnóstica de que a terra e a vida na terra foram criadas por um demiurgo. Quem mais teria a ideia de modelar o primeiro homem a partir do barro e chamá-lo de Adão, um nome ligado à palavra hebraica para "terra"?

Mesmo que não estejamos presos à terra por meio de raízes e possamos andar livremente, estamos indissociavelmente ligados a ela, tanto porque suas características mutáveis sustêm-nos e por assim dizer mandam-nos de um lado para o outro com suas forças, como também porque a terra, quando a vida definha e a força já não mais nos sustém, trata de absorver-nos em um derradeiro e terrível abraço, não apenas para que acabemos como ela, mas para que acabemos como parte dela.

Assim que deixamos o trator para trás um homem surgiu

às nossas costas e entrou na cabine do motorista. Pelo espelho retrovisor, vi que o trator começou a andar pelo terreno e depois, quando nos aproximamos do fim da longa planície, vi-o brilhar como uma embarcação distante em um mar escuro como a noite.

CARTA A UMA FILHA NÃO NASCIDA

22 DE OUTUBRO. Hoje fez um dia extraordinariamente bonito. Sol, céu meio encoberto, luz suave no panorama aberto, onde tudo incandescia, em particular a grama, que ainda está verde, e oferece um contraste especial às cores de outono das árvores, como se duas estações distintas estivessem ao mesmo tempo no mesmo lugar. O céu estava claro, as cores pálidas, mas a luz que caía sobre a terra era intensa. Passei na casa de Björn a caminho da escola e nos sentamos para beber café e fumar. Dos morros à beira-mar, a talvez quatro quilômetros de distância, de tempos em tempos ouvíamos rumores graves, prenhes de fatalidade, eram sons praticamente arcaicos, e também a insistente percussão das rajadas de metralhadora; tudo vinha da região de exercícios militares, que começa em Hammar. Morros verdes que acabam de maneira abrupta em penhascos que se erguem a cerca de cinquenta metros acima do Báltico. Quando voltei a dirigir para buscar as crianças na escola, vi que a bandeira vermelha de alerta estava hasteada lá no alto. No verão de quatro anos atrás a gente alugou uma casa no pé daquele morro, tiramos dez dias de férias

por lá, e foi nessa ocasião que encontramos a casa onde moramos hoje, onde você há de crescer. Tudo o que aconteceu antes de você nascer talvez pareça um pouco mitológico; imagino que você deva fazer perguntas às suas irmãs e ao seu irmão sobre detalhes, mesmo que não consiga imaginar muito bem uma época em que você ainda não existia.

Quando penso no meu pai, que já morreu e que você nunca vai conhecer, me chama a atenção o pouco que sei a respeito da vida dele antes de formar uma família, e o pouco interesse que esse assunto despertou em mim enquanto eu crescia. O mesmo vale para a minha mãe, sua avó, mas no caso dela eu posso fazer perguntas hoje sobre como foi crescer logo após a guerra, por exemplo, ou sobre o que ela aprendeu na escola. Quem eram os homens por quem ela foi apaixonada antes de conhecer o meu pai, que tipo de sujeito eram. Pois é assim que funciona, o que vale é a nossa própria época, pelo menos quando somos crianças e jovens, e o que importa é o que as pessoas são nessa época, não o que trazem consigo nem de onde o trazem. Eu vou ter quarenta e cinco anos quando você nascer, o que significa que não devo passar mais do que trinta anos ao seu lado, os últimos talvez já fraco ou doente. Se você um dia tiver filhos, pode ser que aconteça quando eu já não existir mais. De certa forma essa parece ser uma ideia bonita, porque assim você se estende o mais longe possível rumo ao futuro, e os seus filhos ainda mais, de maneira que os seus netos, para quem tudo isso — a casa em que você cresceu, a família da qual você fez parte — não passa de uma série de abstrações vagas e indefinidas. Mas a grama vai continuar a ser verde, o céu vai continuar a ser azul e os raios do sol vão continuar a surgir no oriente, a derramar-se sobre o panorama e a fazê-lo brilhar em todas as cores, pois o mundo não muda: somente mudam as nossas ideias acerca do mundo.

* * *

Hoje Linda disse que você estava chutando, e quando levei a mão à barriga dela eu também senti a força do seu pezinho.

Faltam quatro meses até o parto. O berço já está pronto, e quanto aos carrinhos de bebê — já busquei dois no fim de semana passado com amigos em Malmö. Todos os apetrechos de bebê que a gente tinha foram dados ou jogados fora; não imaginamos que ainda pudessem ser úteis.

Agora estamos à espera. As suas irmãs e o seu irmão viram uma imagem sua em ultrassom e fizeram desenhos para você. Estão felizes com a sua chegada.

Eu também.

NOVEMBRO

Latas de conserva

As latas de conserva são feitas de metal e geralmente têm formato cilíndrico, uma forma que não existe na natureza, nem mesmo em praias de cascalho, onde o mar passou milhões de anos polindo as pedras umas contra as outras em todas as variações possíveis de esferas e cones sem jamais ter produzido a forma regular dessas latas, que têm um círculo em cada extremidade, ambos ligados por um tubo. Quando encontramos uma lata de conserva na natureza, jamais temos qualquer tipo de dúvida quanto ao que é aquilo, não é o tipo de coisa que se deixa confundir com outra, mas permanece no urzal, permanece na orla, permanece na beira da estrada totalmente abandonada a si própria, absolutamente isolada do ambiente ao redor. Assim surge uma correspondência entre a forma e a função dessa lata, que é justamente isolar uma determinada coisa do mundo. Ou, em outras palavras, dos desdobramentos do mundo, daquilo que concebemos como o tempo, dos processos que atingem tudo aquilo que existe. É como se o interior da lata de conserva estivesse isolado da matéria, dos gases e das criaturas que continuamente trabalham para decompor a matéria, fazendo com que enferruje, apodreça ou de outra maneira sofra alterações de forma e consistência. O espaço da lata de conserva é hermético, e aquilo que foi conservado encontra-se precisamente nas mesmas condições em que outrora foi encerrado lá dentro. No armário, onde a lata de conserva é guardada, as forças da natureza arrasam todo o restante; os pães de cachorro-quente são cobertos por um fino mofo azulado, começam a cheirar mal e tornam-se impróprios para o consumo; o mesmo acontece com as tortilhas, enquanto as massas de taco amolecem e os refrigerantes expirados tornam-se amargos e intragáveis. Mas as ervilhas, o milho, o abacaxi e o *lapskaus* encontram-se a salvo de tudo isso em suas cápsulas do tempo. É o mesmo princípio que fez com que o *Vasa* tenha sobrevivido como exemplar único do século XVII: o navio permaneceu todo esse tempo em uma água pobre em oxigênio, coberto por lodo e barro, e esse é o mesmo princípio que fez com que os restos humanos conhecidos pelo nome de "cadáveres de palude", corpos da Idade da Pedra encontrados na Dinamarca, pudessem ser retirados dos pântanos quase na mesma situação em que foram postos lá dentro. Nada pode viver em espaços hermeticamente fechados, e portanto nada pode morrer neles. Quando vemos uma lata de conserva sem rótulo, somente o metal daquela forma anorgânica, percebemos as características mecânicas e industriais e vemos claramente que sua função é repelir a vida. Se a morte e o frio não seriam motivos de preocupação em situações de necessidade ou em ambientes extremos, como na linha de frente em uma guerra, tampouco seriam o tipo de coisa a que recorreríamos quando temos livre escolha, como quando vamos às compras no supermercado. Por isso todas as latas de conserva são identificadas por rótulos, onde consta não apenas aquilo que contêm, como ervilhas, por exemplo — pois a linguagem traz consigo também um elemento de morte e de frio que não consegue vencer o metal que repele a vida —, mas são também guarnecidas por imagens que sugerem delicadeza e frescor, para que assim pulemos o metal e o espaço morto e possamos ir das ervilhas recém-colhidas diretamente para as ervilhas no prato. Pois quando o abridor de latas corta a tampa de metal e eu a dobro para trás, com uma borda cortante acima da abertura na lata, sinto água na boca ao ver as pequenas e redondas ervilhas verde-escuras mergulhadas na salmoura transparente. Essas ervilhas têm um sabor bem melhor e bem mais complexo do que as ervilhas claras e congeladas, parecem ter um sabor mais escuro que complementa de maneira perfeita os palitinhos de peixe com guarnição de couve-flor cozida e cenoura ralada, batatas e manteiga.

Rostos

É difícil imaginar um assunto a respeito do qual tenhamos mais conhecimento do que rostos. E também é difícil imaginar um conhecimento que seja compartilhado de modo tão uniforme. Ver não é apenas registrar: também é diferenciar. Se todos podem ver que aquilo que cresce num gramado é uma árvore, e se quase todos podem ver que é uma macieira, é dado somente a uma minoria ínfima saber que tipo de macieira é, que idade tem e em que estado se encontra. A maioria das regiões no mundo da vida exige competências e experiências para que sejam vistas e compreendidas. Não é o que acontece com os rostos. No mesmo instante em que vemos um rosto, sabemos também se já o vimos antes, mesmo que isso tenha acontecido uma única vez, muitos anos atrás. Sabemos o que esse rosto expressa, se é alegria ou tristeza, surpresa ou indiferença, entusiasmo ou desânimo. Também sabemos de imediato a idade daquele rosto, se deve ser considerado feio ou bonito, comum ou diferente, e também se gostamos dele ou não. E, mesmo que tenhamos a impressão de que se parece com outro rosto, é raro confundi-los, porque vemos cada traço do rosto como único, mesmo que seja o traço mais comum dentre todos os traços comuns. De certa forma é estranho, porque todos os rostos são formados pelos mesmos componentes, que não são muito numerosos. Testa, sobrancelhas, olhos com cílios, nariz, bochechas, boca com lábios e dentes, queixo. Aprendemos a diferenciar por necessidade, porque somos obrigados a perceber a diferença entre plantas comestíveis e não comestíveis, por exemplo, e em nome do interesse próprio, que, quando é grande o bastante, surge espontaneamente: todas as pessoas que têm o mínimo interesse por arte sabem, à primeira vista, se uma determinada pintura é de Van Gogh ou de Gauguin, de Morisot ou de Pissarro. O fato de que todos detenham conhecimentos igualmente vastos sobre rostos deve-se simultaneamente à necessidade, ao interesse e à proximidade, e essa constatação revela que a nossa vida de verdade não é vivida em paisagens nem em meio a coisas, mas na esfera humana, na luz de rostos humanos. Que as tentativas iluministas de racionalizar o mundo em que vivemos tenham culminado também em conhecimentos sobre rostos, quando no início do século passado mediram-se distâncias e dimensões para então introduzi-las com diferentes cores e valores em sistemas maiores, da mesma forma como se fez com plantas e animais, ou quando se catalogaram as diferentes expressões do rosto para desenhá-las em séries, não é portanto nada estranho. Mas, como o rosto não apenas pertence à esfera humana, como um braço ou um dedo, mas também a expressa, o rosto não se deixa capturar. A natureza humana é mutável, fluida e inapreensível. No fim da manhã de hoje eu estava na sala e olhei de relance para o rosto da minha filha mais velha, que é um dos rostos que melhor conheço em todas as fases, idades e expressões. O rosto tinha a bochecha apoiada no braço do sofá, e o olhar fixo na televisão. E naquele rosto eu vi um elemento novo, que se parecia com a minha mãe; eu nunca o tinha visto. Quando tornei a olhá-lo de relance, essa semelhança havia desaparecido. Quanto a mim, sou praticamente igual ao meu pai.

Dor

A característica essencial da dor é ser intransferível. Podemos ver que outras pessoas sentem dor e podemos compreender que essa dor existe, mas a distância entre o conceito da dor e a dor em si é tão imensa que nenhuma solidariedade consegue transpô-la; permanecemos sempre estranhos em relação à dor dos outros. Isso significa que uma pessoa que sente dor está sempre sozinha. Porém a dor não é intransferível apenas de uma pessoa para outra, mas também no âmago de uma mesma pessoa; tão logo a dor cessa, essa mesma distância surge em nós: lembramo-nos de ter sentido dor e dizemos para nós mesmos que a dor foi como uma escuridão que nos envolvia, e assim podemos abraçá-la com os pensamentos, mas os pensamentos existem num mundo à parte, onde tudo é leve e imaterial, pois no instante em que a dor retorna e volta a existir, os pensamentos são postos de lado, como uma cortina que se abre, e mais uma vez nos deparamos com o sentimento autêntico: essa não, era *assim*.

Em razão disso seria fácil acreditar que a dor pertence à carne, e que existe em um nível de realidade mais direto do que aquele em que existem os pensamentos. Mas não é o que acontece. Pois, mesmo que a razão para a dor tenha origem na carne e seja um fenômeno material, a dor em si é imaterial, uma coisa surgida no cérebro, onde os sinais enviados pelos neurônios provocam uma reação eletroquímica nas células, que fazem com que a dor por assim dizer fulgure com uma força e uma intensidade que mantêm com os pensamentos habituais o mesmo tipo de relação que a luz de uma luminária de teto mantém com o clarão instantâneo de um flash de magnésio. Temos a *percepção* de que a dor se encontra mais próxima da realidade física, inclusive porque a sentimos no corpo, como dor, seja na mão esmagada por uma pedra ou nos rins onde cresce um tumor canceroso, porém não no cérebro, onde se concentram os pensamentos.

Mas o grau em que a dor se apresenta como uma construção e a forma como se assemelha aos pensamentos tornam-se claros quando descobrimos que a dor também pode surgir em braços, pernas e outras partes do corpo que já não existem mais. A carne não se encontra mais presente, a perna foi amputada, porém a dor recria aquilo que já não existe: o paciente sente a perna que não está mais lá. A perna é uma ficção, e assim mostra a relação que tem com os pensamentos, mas também a própria superioridade, uma vez que, mesmo que os pensamentos criem ficções nas quais podemos acreditar, jamais as sentimos como realidades físicas.

A relação entre a dor e a realidade torna-se ainda mais complexa quando pensamos na dor que sentimos nos sonhos: qual é o status dessa dor? Em uma noite de primavera dormi e senti uma dor terrível na barriga. Era insuportável, como se uma mão estivesse puxando as minhas vísceras. Ainda deitado eu comecei a me debater: era como se não existisse nada além daquela dor. E de repente tudo estava de volta ao normal. Eu abri os olhos na cama e me senti infinitamente aliviado, como nos sentimos quando a dor passa. Será que eu tinha dormido? Parecia que sim.

Então a dor não passava de um sonho? Eu não soube ao certo, porém muita coisa indicava que sim. Que tipo de dor era aquela? Uma dor capaz de ir da realidade para o sonho com as forças intactas? O que se revela nesse exemplo é a natureza do sonho, que não é nada além de uma criação poética de natureza preparatória, cuja tarefa é criar um modelo da realidade em relação ao qual possa empregar todas as ramificações da consciência, que por sua vez passa a ter o modelo à disposição, pois é nesse modelo que vivemos, uma imagem da realidade, uma simplificação interior.

Para nós, essa relação entre a imagem interior e a realidade exterior apresenta-se como idêntica, mas às vezes surgem falhas, como por exemplo quando sentimos dor em uma parte do corpo que não existe, ou quando temos a impressão clara de que já vivemos o momento que estamos vivendo agora, o que chamamos de déjà vu e que não é mais do que um ínfimo deslocamento da identidade entre a nossa imagem da realidade e a realidade em si.

Aurora

As casas por aqui são dispostas em ferradura, com a abertura voltada para o leste, de maneira que durante o ano inteiro eu vejo o sol nascer. É uma visão à qual é difícil se acostumar. Não que pareça surpreendente, pois eu sei que o sol nasce todas as manhãs e que a luz que emana dissipa a escuridão, mas porque acontece de inúmeras formas distintas, e — talvez seja este o detalhe mais importante — porque desperta um sentimento fundamentalmente bom. Esse sentimento assemelha-se àquele que temos quando estamos com frio e tomamos um banho quente, à satisfação que sentimos quando o nosso corpo por assim dizer reassume a própria condição natural. Quando essa condição natural é retomada, a satisfação desaparece: raramente nos damos conta de que nosso corpo está na temperatura adequada. O mesmo vale para o nascer do sol. Não é a luz em si que parece boa, pois quando já está por aqui, digamos, às duas e meia da tarde, nós a encaramos como uma coisa que está dada. O importante é a transição. Não a luz do sol imóvel que se espalha acima do horizonte quando a terra se movimenta em direção a ele, mas o reflexo dessa luz nos minutos anteriores, quando se revela como uma franja pálida em meio à escuridão da noite, tão fraca que nem ao menos parece ser luz, mas apenas uma espécie de enfraquecimento da escuridão. A forma como aquele brilho cinzento, infinitamente delicado e tênue aos poucos espalha-se de maneira quase imperceptível pelo jardim ao meu redor, onde as árvores e as paredes da casa aos poucos se revelam. Se o céu está limpo, tudo se ilumina de azul no oriente, e então os raios do sol disparam como fachos alaranjados e reluzentes. No início é como se estivessem simplesmente a se revelar, sem nenhum outro atributo que não a cor, porém no instante seguinte, quando atingem grandes áreas do panorama, os raios evidenciam suas verdadeiras características à medida que o panorama se enche de cor e brilho. Se o céu não está limpo, mas encoberto, tudo isso ocorre como que em segredo: as árvores e a casa surgem da escuridão, que desaparece, e o panorama se enche de cor e brilho, mas sem que a fonte dessa transformação seja visível a não ser como um campo de maior densidade luminosa no céu, às vezes redondo, se a camada de nuvens não for muito espessa, às vezes indefinível, quando parece que são as próprias nuvens que brilham. Por meio desse fenômeno, que ocorre todos os dias da nossa vida, também compreendemos a nós mesmos. A aurora é sempre um começo, assim como o crepúsculo, seu oposto, é sempre um fim, e quando sabemos que praticamente em todas as culturas a escuridão representa o mal e a morte, enquanto a luz representa o bem e a vida, essas duas zonas de transição entre noite e dia transformam-se em manifestações do grande drama existencial em que estamos presos — um drama sobre o qual raramente penso quando estou no jardim, olhando para a luz que desponta no oriente, mas que assim mesmo deve reverberar nesses momentos, porque é muito bom assistir a esse espetáculo. Pois a regra é o escuro e a luz é exceção, como a morte é a regra e a vida é exceção. A luz e a vida são anomalias periodicamente confirmadas pela aurora.

Telefones

A assimilação interior da realidade se processa de maneira tão lenta que, quando penso em telefones, ainda imagino os telefones cinza que eram usados por toda a Noruega nas décadas de 70 e 80. Esses telefones eram compostos de duas partes: um fone levemente inclinado que se abria em uma forma aproximadamente cônica em ambos os lados, com pequenos furos na superfície. Um desses cones era segurado contra o ouvido, e no interior dele havia um alto-falante por onde era possível ouvir a voz do interlocutor, enquanto o outro era segurado em frente à boca, uma vez que continha um microfone que captava a voz do falante e a retransmitia. A outra parte do telefone era o próprio aparelho, ligado ao fone por um fio em espiral. O aparelho geralmente ficava em cima de uma mesa, e era dominado por um disco móvel que tinha, para cada um dos dez algarismos, um furo nas dimensões de um dedo indicador. Na parte de cima havia um suporte onde o fone repousava quando o telefone não estava em uso. No alto do suporte havia duas peças brancas de plástico, que controlavam o funcionamento da linha. Ao repousar sobre essas peças, o fone pressionava-as e a linha era desligada, e ao ser retirado as peças erguiam-se, acionando a linha. Nesse momento ouvia-se um sinal constante no alto-falante. Ao se discar o número da pessoa desejada, o sinal alterava-se. Ou soava uma série de sinais curtos, o que queria dizer que a linha estava ocupada, ou soava uma série de sinais mais alongados, o que queria dizer que a linha estava disponível; se o telefone fosse erguido do aparelho no outro lado da linha, a conversa podia começar.

Em si mesmo, o telefone era uma construção perfeita, incrivelmente funcional, adequada à função que desempenhava da forma mais simples possível, e ao mesmo tempo era também sofisticado em razão da capacidade de enviar vozes para lá e para cá mundo afora. Por ter praticamente desaparecido hoje, no entanto, é forçoso que tivesse fraquezas. Essas fraquezas não estavam nas soluções mecânicas, tampouco na forma, mas na distância criada. Uma vez que o acesso ao telefone era regulado — no início da década de 70 havia filas para a aquisição de telefones, e às vezes passavam-se anos entre o pedido e a instalação — e não havia mais do que uma linha disponível para cada residência, o telefone emanava uma certa autoridade, estava ligado a uma certa seriedade. As ligações também eram caras, especialmente as interurbanas, para não falar das ligações internacionais, que naturalmente eram raras, uma vez que os telefones cinza existiram numa época em que as pessoas viajavam pouco ao exterior e conheciam pouca coisa além das fronteiras do país. As crianças passavam trotes, que consistiam em discar um número aleatório e dizer qualquer coisa absurda, e os adolescentes falavam horas uns com os outros, mas esses comportamentos eram transgressões, e ocorriam justamente por esse motivo. Se alguém telefonasse após as dez horas da noite ou antes das nove horas da manhã, ou era porque estava bêbado ou era porque alguém tinha morrido. O telefone criava uma formalidade, havia sempre uma distância, e como essa distância se devia a uma forma que não podia ser vencida pelo uso, foi preciso que a forma, quando os costumes tornaram-se mais informais, também mudasse. O mesmo aconteceu com as cartas. As pessoas de antigamente, que têm o telefone fixo como um hábito na vida, tratam os telefones celulares com o mesmo respeito e a mesma formalidade, e acabam parecendo ao mesmo tempo ridículas e comoventes. A distância a partir da qual antes controlávamos a realidade para que não parecêssemos desorientados acabou desorientada em si própria, e mesmo que a diferença seja grande, me faz pensar no ditador que num dia controla tudo com punho de ferro, e no dia seguinte, após a revolução, encontra-se totalmente despido e nu.

Flaubert

Desde que comecei a ler os livros na estante dos meus pais, aos dez ou onze anos, que na época eu chamava de "livros de adulto", Flaubert e Tolstói fazem as vezes de companheiros meus. Tolstói porque li uma biografia em dois volumes que a minha mãe tinha, Flaubert porque li *Madame Bovary*. Não posso ter entendido muita coisa a respeito deles e tampouco lembro como foi essa experiência, mas parto do pressuposto de que aquilo que me atraiu foram os diferentes mundos que se abriram: a Rússia tsarista e a França imperial no meio do século XIX. *Madame Bovary* eu devo ter lido da mesma forma como li todos os outros romances franceses, como *Pimpinela escarlate*, *Vinte anos depois* e *Os três mosqueteiros*, ou mesmo *O vermelho e o negro*, que ficava na mesma estante. Não importava sobre o que eram as histórias, porque eu estava em busca de atmosferas, que para mim, nesses romances do século XIX, estavam ligadas aos cenários: estradas poeirentas, cavalos suados, moinhos, rios, árvores frondosas, pequenos vilarejos rurais. *Madame Bovary* me deu tudo isso, e ler esse romance aos onze anos foi como sair em uma manhã bonita e fresca de verão, na qual o mar estava plácido e reluzente, as árvores permaneciam imóveis e o céu refulgia em azul, como se fosse infinito, enquanto o sol aos poucos se erguia. Quando reli o livro na minha época estudantil foi como exemplo de um romance realista, no qual o autor havia se retraído e mantido apenas as descrições objetivas de lugares e acontecimentos. Aprendemos a suspeitar desse tipo de realismo, porque a ideia de que a linguagem poderia funcionar como uma simples janela era ao mesmo tempo falsa e ingênua. Estudei literatura na época do materialismo linguístico e do pós-estruturalismo, quando o ideal era mergulhar na própria realidade das palavras, até que todas as noções acerca de autor, biografia, intenção e realidade fossem suspensas. Mesmo que as minhas experiências literárias se baseassem justamente em ver através da língua, rumo à realidade criada, eu também me fascinava com o peso das palavras em si, com a percepção de que se relacionavam com a imagem total da mesma forma como os átomos relacionam-se com o mundo visível: independentemente de todo o restante, os átomos giram por conta própria e criam ligações, que nesse caso não recebem o nome de moléculas, mas de frases, segundo leis próprias, que podiam ser contestadas a partir da sala de aula com um sentimento de pertencer ao futuro. Desde então reli *Madame Bovary* muitas vezes. Num desses verões o meu exemplar passou dias no gramado, eu havia me deitado para ler e esqueci o livro por lá, porém mesmo depois de vê-lo mais tarde eu não o trouxe para dentro, havia uma coisa boa naquela visão, a grama verde que crescia ao longo da lombada escarlate, rodeada pela mulher de branco que estendia o corpo sob os rasgos de luz que filtravam pela copa da macieira. Quando juntei forças para ir buscá-lo, o exemplar estava deformado, talvez umedecido pelo orvalho da noite, mas depois voltou a secar. *Madame Bovary* é o melhor romance do mundo, quanto a isso não tenho nenhuma dúvida; existe nesse livro uma nitidez, um sentimento cristalino de espaço e materialidade do qual nenhum outro romance escrito antes ou depois chegou sequer perto. As frases de Flaubert são como um pano úmido passado em uma vidraça encardida de sujeira e fuligem através da qual você se acostumou a ver o mundo. O sentimento que você tem nessa hora é de que o mundo torna a brilhar pela primeira vez em muito tempo.

Vômito

O vômito geralmente é amarelado, e pode ir do amarelo--pálido ao amarelo-escuro, com partes em cores totalmente distintas, como vermelho ou verde. A consistência é líquida, e vai de relativamente firme, como mingau, a totalmente fluida, como uma sopa. A primeira golfada via de regra é a mais consistente, uma massa úmida cheia de grumos e pedaços, enquanto a última, no caso das golfadas em série, pode consistir apenas de um líquido amarelo, viscoso e por assim dizer membranoso, como uma clara de ovo. Na porcelana branca e lisa do vaso sanitário e na água que por lá escorre, o vômito, às vezes amarelo-queimado e quase brilhante, outras vezes mais pálido e mais acastanhado, devia ser visto como uma coisa bonita, em especial quando os elementos não sólidos, digeridos pelo suco gástrico, misturam-se à água em lentas nuvens ou espirais amarelas. O vômito sobre o parquê, em razão do contraste entre a superfície dura e brilhosa da madeira e a consistência macia e fluida que se espalha, mais ou menos como uma avalanche no vale, deveria ser encarado como uma coisa bonita. Especialmente porque uma das regras da beleza afirma que as coisas raras e excepcionais geralmente pertencem a essa categoria. Mas no caso do vômito existem duas circunstâncias que funcionam como trunfos sobre a regra da excepcionalidade: o fato de que o vômito é uma coisa incompleta, a concretização da expressão negativa "indigesto", e o fato de que pertence aos fluidos e à materialidade do corpo, que todos compartilhamos, a bosta, o mijo, o cuspe, a porra e o ranho, que em maior ou menor grau são percebidos como pouco atraentes e, quando vêm do corpo dos outros, repulsivos. Por mais belo que possa ser o matiz amarelo do mijo ou verde do ranho, nem o mijo nem o ranho têm qualquer tipo de chance contra o fato de que vêm de dentro de nós e despertam associações com excrementos. Quanto a mim, já limpei todos os tipos de vômito: do cachorro, do gato, das crianças e também o meu, e sempre achei tudo repulsivo, tanto o cheiro como a cor e a consistência. Especialmente repulsivos são os vômitos ocorridos logo após uma refeição, quando por exemplo os pedaços de pizza ainda se encontram intactos e reconhecíveis, e nessas horas penso que a nossa reação é estranha, uma vez que a pizza, ou pelo menos o recheio da pizza, já se parece naturalmente com vômito. Comer vômito é uma ideia absolutamente inconcebível, seria fisicamente impossível, o reflexo emético faria com que tudo fosse novamente vomitado, provavelmente no mesmo instante em que aquele mingau espesso preenchesse-nos a boca. Trata-se de uma reação forte, que não pode ter nenhum tipo de associação cultural, mas deve pertencer ao reino da corporalidade e da fisiologia, dos instintos que nos protegem contra ingerir coisas estragadas e venenosas. As crianças têm medo desse impulso quando percebem que o vômito está a caminho, e sempre começam a chorar ou até mesmo a gritar de um jeito que me parte o coração. Não era assim quando todos eram muito pequenos; naquela época o vômito simplesmente vinha, como na vez em que eu voltava do jardim de infância com uma das crianças à tarde, em um dia de céu escuro, num ônibus cheio de pessoas silenciosas que voltavam do trabalho. A minha filha estava ao meu lado, e de repente, sem nenhum aviso prévio, vomitou em cima de mim. Foi uma cascata, o vômito cobriu metade da minha jaqueta. Ela me olhou apavorada quando aquilo acabou. Uma passageira amistosa remexeu a bolsa à procura de lenços de papel e me ofereceu uns quantos, mas não adiantou, os lenços eram pequenos e insignificantes demais em relação ao volume do vômito. Puxei a cordinha e descemos no ponto seguinte. O fedor permaneceu em minhas narinas enquanto o vômito pingava lentamente da minha jaqueta, mas aquilo não me pareceu nem desagradável nem repulsivo, mas pelo contrário, refrescante. O motivo era simples: eu amava a minha filha, e nada poderia diminuir a força desse amor — nem o que é feio, nem o que é nojento, nem o que é repulsivo ou terrível.

Moscas

As moscas desapareceram. Deve fazer semanas, mas só percebi hoje, quando passei um pano na mesa antes do café e aproveitei para fazer o mesmo no parapeito da janela, onde havia uma mosca morta, leve e seca como uma pétala caída de uma flor. Passei o pano em cima dela e segundos mais tarde a mosca caiu sem nenhum som audível no tanque e girou no redemoinho de água corrente junto com o restante da sujeira quando abri a torneira, antes de entrar por um dos furinhos do ralo e desaparecer.

No verão a casa fica cheia de moscas, em particular a cozinha, onde pousam em todos os cantos para esfregar as patinhas, ou então zumbem incessantemente pelo ar. Costumo deixá-las em paz até que sejam muitas, e então perco o controle e começo a matá-las com o mata-moscas. Basta um golpe para que caiam da viga branca no teto, como um náufrago que, pendurado em um barco salva-vidas, de repente desiste e solta-se, às vezes penso comigo mesmo, enquanto as outras moscas agitadas levantam voo e põem-se a esvoaçar em outro canto. Se as moscas entendem o que está acontecendo, não faço a menor ideia, mas comportam-

-se como se entendessem, porque depois que mato as primeiras cinco ou seis moscas do dia, de repente as outras se tornam difíceis de achar, dão a impressão de procurar superfícies escuras, onde se tornam quase invisíveis.

De várias maneiras, as moscas são criaturas extremamente avançadas. Há espécies capazes de voar a quase cem quilômetros por hora, enquanto outras podem cobrir distâncias de quase mil quilômetros sem parar. Mas o que as caracteriza é sempre a miríade de olhos, que podem existir aos milhares e que em certas espécies cobrem praticamente a cabeça inteira. Esses olhos têm facetas hexagonais e ficam uns encostados nos outros, numa construção que parece mais mecânica do que orgânica, o tipo de coisa que poderia ser montada em uma fábrica de componentes eletrônicos. Não é fácil saber o que as moscas veem através desses olhos. Se é a realidade nítida e clara que se desenha na cabeça da mosca, ou se não passam de movimentos difusos e ensombrecidos, como a reprodução de um filme em velocidade acelerada. De qualquer maneira, os olhos compostos permitem às moscas perceber o perigo com margem suficiente para que consigam voar para longe antes que sejam alcançadas. O paladar é outro sentido das moscas que parece notável, uma vez que as papilas gustativas encontram-se espalhadas por todo o corpo, e não concentradas na boca. Sendo assim, basta que encostem a pata naquilo que pretendem comer para saber que gosto tem. Todas essas características devem tornar o mundo das moscas desmesuradamente fragmentário, pois se o reflexo do ambiente é captado por toda a cabeça, toda a atenção precisa estar voltada para fora em um grau tão elevado que para as moscas praticamente não deve existir diferença entre elas próprias e o ambiente em que se encontram — e, quando tudo aquilo em que encostam tem gosto, deve ser ainda menos clara a diferença entre o que são elas próprias e o que é o mundo. Mesmo assim, as moscas devem ter algum tipo de consciência, nem que seja como um instinto que as faz levantar voo quando algo se aproxima. Essas criaturas compactas, extremamente sensitivas e velozes vivem apenas seis meses, e por vários motivos uma vida curta como essa parece desprovida de sentido em vista da estrutura e das características refinadas do corpo. Mas quando pensamos melhor vemos que não é nada disso, pois é justamente essa ausência de identidade, justamente o fato de que têm uma consciência de tal maneira tênue que praticamente não se diferenciam do ambiente em que se encontram, que faz com que todo e qualquer acúmulo de experiência torne-se impossível, de maneira que as moscas são perfeitamente substituíveis; para compreender sua essência das moscas, certamente o mais importante é saber que para as moscas pouco importa quem é mosca, desde que seja mosca. É por isso que elas surgem de esconderijos quentes no início do verão, em intermináveis fileiras de milhões de anos, e entram em nossas salas e cozinhas. E talvez fosse nisso que Leonardo da Vinci estivesse pensando quando escreveu nos diários que as moscas eram as almas dos mortos. Os mortos perderam a si mesmos, e desprovidos de si não passam de um lugar, que coincide com o mundo onde por toda a eternidade continuam a nascer e morrer como moscas.

Perdão

O progresso não pode ser medido, uma vez que o valor das mudanças é muito relativo e totalmente dependente do lugar a partir do qual estas são observadas e compreendidas. No que diz respeito ao mundo material, a mudança em si é incontroversa, como por exemplo o fato de que a certa altura as pessoas pararam de viver como caçadores-coletores e começaram a cultivar a terra e a criar animais em uma nova situação de sedentarismo. Ou o fato de que a certa altura as pessoas começaram a fazer roupas com o auxílio de máquinas, o que alterou radicalmente a estrutura da economia, uma vez que a produção de mercadorias já não era mais limitada pela capacidade de um determinado indivíduo ou de uma determinada família, como na época em que as pessoas faziam tudo aquilo que usavam e vendiam ou trocavam eventuais sobras localmente; as pessoas libertaram-se do aspecto local, e assim o grande potencial de ausência de limites que se encontrava latente no sistema monetário pôde libertar-se.

Essas mudanças são factuais, mas a avaliação delas não. No que diz respeito aos progressos feitos no mundo imaterial e às relações interpessoais, não apenas o valor das mudanças torna-se relativo, mas também as mudanças em si. É assim porque tudo o que diz respeito à alma e ao espírito revela-se apenas de forma indireta, e desse modo precisa ser interpretado na origem, e também porque as pessoas afetadas pelas mudanças, caso essa tenha ocorrido muito tempo atrás, encontravam-se presas a outra linguagem com outras figuras de pensamento, diferentes das nossas, em razão do que não é nada óbvio que uma frase proferida na Noruega no ano 976 e repetida no mesmo local em 1976 tenha mantido o mesmo significado. Podemos acreditar que as pessoas eram como nós, mas não temos como saber. Podemos fazer escavações para descobrir os barcos dessas pessoas e entender como navegavam. Podemos fazer escavações para descobrir as fundações das casas onde essas pessoas moravam e entender como construíam. Podemos analisar o DNA dessas pessoas e entender de onde vieram. Mas jamais vamos entender como se relacionavam com a ideia de perdão, e o que pensavam a respeito desse assunto.

Visto daqui, a mais de um milênio de distância, parece que a antiga sociedade baseada em linhagens seguia parâmetros muito diferentes, num sistema cultural em que o perdão simplesmente não existia, ou então se apresentava como anomalia. Se uma pessoa recebesse uma ofensa de um membro da família, ou se um membro da família se comportasse de maneira indesejada, esse comportamento não era vingado, mas tampouco era perdoado, se por "perdão" entendermos uma reação ativa, uma demonstração de compaixão. Tratava-se antes de uma aceitação surgida a partir de uma visão do caráter como grandeza imutável — ela é assim, ele é assim. Se uma pessoa recebesse uma ofensa de alguém externo à família, verbal ou física, tornava-se necessário avaliar se a ofensa devia ser vingada, mas essa avaliação jamais levava em conta a hipótese de perdoar ou não: a questão toda resumia-se a decidir quais seriam as consequências da vingança.

Talvez fosse melhor deixar o assunto quieto, pois todos conheciam o poder destrutivo da vingança e da vingança de sangue, mas essa hipótese existia apenas nos casos em que era possível adotá-la sem prejuízo à honra. Perder a honra era a pior coisa que podia acontecer, pior até mesmo do que a morte, que em certos casos era o único mecanismo disponível para restaurar a honra.

Em uma cultura dessas, a ideia de perdão deve ter parecido uma revolução, uma ideia que virou todos os valores essenciais de ponta-cabeça. Você me ofendeu, mas eu abro mão da vingança e perdoo você. São muitas as pessoas que consideram isso um progresso. A mensagem de Cristo sobre oferecer a outra face foi uma revolução na esfera humana. Mas a questão é que a luta permanece a mesma, e o resultado permanece o mesmo: somente os veículos da força se transformaram. Pois o fraco não pode perdoar o forte: seria desprovido de sentido. Somente o forte está em posição de perdoar. Perdoar uma pessoa é humilhá-la, é fazer com que perca a honra. Quando perdoamos alguém sem perder a honra, é porque continuamos a ser a vítima e o lado mais fraco. Mas o segredo do perdão é que ele cria um lugar, no âmago do indivíduo, onde ninguém mais detém a força, e quando chegamos a esse lugar, onde as outras pessoas não significam nada, descobrimos uma força que não pode ser tirada de nós, e é essa força que torna possível fazer com que o outro se prostre de joelhos por meio do perdão.

Botões

Os botões, esses pequenos discos que usamos para manter as roupas fechadas ao redor do corpo, pertencem a uma tecnologia tão antiga que raramente pensamos a respeito deles nesse contexto. Os botões existem fora da zona das invenções, das novidades e do progresso, e mesmo que ao longo dos anos tenham surgido novos métodos para fechar as roupas, como por exemplo o zíper e o velcro, os botões resistem. É assim porque a relação entre forma e função é perfeita no caso dos botões: não há espaço para melhorias. Um botão hoje é basicamente idêntico a um botão do século XV. Seria tentador afirmar que enquanto houver pessoas vai haver botões — mas obviamente não temos como saber, pois mesmo que o botão seja perfeito e não possa ser melhorado, pode assim mesmo cair no esquecimento em um futuro distante, quando a civilização tal como a conhecemos houver ruído. Mas é uma situação difícil de imaginar, pois mesmo a futura humanidade incivilizada vai precisar de roupas, e uma vez que os corpos dessas pessoas, como os nossos, devem ter uma forma cilíndrica, vai ser preciso encontrar uma forma de manter as roupas fechadas, e se o método escolhido for costurá-las, ou então fechá-las com um palito ou um osso enfiado em um laço do outro lado, provavelmente deve ser apenas uma questão de tempo até que percebam as vantagens da forma circular, ou até que essa cultura se torne civilizada o bastante para começar a valorizar a discrição e o controle — pois esse é um aspecto importante na essência dos botões — e desenvolva roupas com um ou vários buracos de um lado e um número correspondente de pequenos discos do outro lado — feitos de osso, bronze, ferro, baquelite ou plástico, conforme os materiais desejados por essa sociedade.

Quando eu era pequeno, minha mãe tinha uma caixa cheia de botões. Para uma criança, era como um baú do tesouro. A forma arredondada dos botões me fazia pensar em moedas, e a variedade das cores que brilhavam sob a luz do teto me fazia pensar em pedras preciosas. Safiras, rubis, topázios, esmeraldas. A maneira como os botões tilintavam quando eu enfiava os dedos na caixa. O sentimento de riqueza que causavam era irônico, porque na linguagem popular os botões em geral expressavam ideias que remetiam a uma certa modéstia ou introspecção, como na expressão "falar com os próprios botões", e porque a própria caixa de botões no fundo expressava parcimônia, uma vez que era usada para substituir botões perdidos e assim manter as roupas em circulação por mais tempo. Os botões apresentam uma variedade quase infinita de formas e cores, e eu me lembro de quando a minha mãe revirava a caixa em busca de um que se parecesse com aquele que havia caído. A mãe dela devia ter feito o mesmo, e também a avó e a bisavó. Aqueles movimentos, os dedos que procuram em meio a uma quantidade de botões lisos, e que por fim seguram um deles contra a peça de roupa e espetam a agulha em um dos três ou quatro furos, com a linha pendurada como uma longa e fina cauda que desce em direção ao piso, eram uma herança, uma das coisas que ligava a minha mãe ao passado, à vida em um vilarejo norueguês séculos antes da época em que vivíamos.

Meus filhos cresceram sem uma caixa de botões e nunca viram os pais costurarem, porque hoje se um botão se perde colocamos a roupa fora e compramos uma nova. Eu não gosto disso; toda vez que acontece sou tomado por uma leve tristeza, pois não devia ser assim. Mas por quê? Será que prefiro a parcimônia e a pobreza ao excesso? Sim, de uma forma ou de outra é o que prefiro. O excesso é ruim, a parcimônia é boa — essa também é uma parte dessa herança. E poucas ideias representam melhor a civilização do que essa, não? Se existe uma coisa que caracteriza a natureza, essa coisa é o excesso, uma exuberância descontrolada de folhas e grama, pétalas e hastes e galhos, um exagero infinito de clorofila, em relação aos quais a essência do botão, que de forma discreta e modesta, porém assim mesmo firme, mantém a camisa fechada, apresenta-se como antítese. Claro, há também ocasiões em que somos tomados pelo desejo e, com a garganta apertada e o sexo a latejar, não esperamos o tempo necessário para desabotoar todos os botões, mas em vez disso pegamos a camisa ou a blusa pelos dois lados e a abrimos em um movimento violento, para então adentrar a esfera de tudo aquilo que é ilimitado, indômito e imoderado. Esse é sempre o maior encanto do reino dos botões, justamente porque é reprimido e controlado pelo princípio dos botões. Esse princípio não surge de nenhuma ideia, mas do trabalho diário feito pelas mãos nesses pequenos discos, quando diariamente os empurram para o interior das pequenas frestas de tecido no outro lado da camisa e então os alisam, para que assim funcionem como um fecho, de maneira que a técnica serve não apenas para ocultar o corpo, mas também como um exercício de temperança.

Garrafas térmicas

A garrafa térmica de aço inox parece ter sido concebida para ser disparada, e tem uma forma similar à de um míssil ou de um obus. É uma forma muito bonita. Não acho mísseis ou obuses bonitos, talvez porque sempre apareçam em grandes quantidades e tenham uma aparência maquinal e monodimensional. A garrafa térmica de aço, por outro lado, aparece quase sempre desacompanhada, em lugares em relação aos quais oferece um forte contraste, como em uma bolsa de couro macio, no bolso lateral de uma mochila ou em cima da mesa no escritório de um canteiro de obras. A construção é simples, um cilindro oco de aço inoxidável com uma parede interna de material termoisolante, uma válvula de rosca na parte superior e uma tampa em cima de tudo. Mesmo sendo dura, reluzente e similar a um projétil, a garrafa térmica de inox mistura-se de maneira natural e praticamente imperceptível a todos os ambientes. Existe nela uma certa modéstia que provavelmente se deve ao papel que desempenha, a saber, o de servir como recipiente para bebidas quentes, em particular café, nossa bebida mais democrática e mais independente de classe social, que não apenas é degustada por quase todo mundo, mas também a praticamente qualquer hora do dia. Mesmo assim, existem situações em que a garrafa térmica não passa despercebida. Podemos sacar uma garrafa térmica no refeitório do local de trabalho sem que ninguém olhe torto, mas, se a pegamos durante uma visita ao vizinho, com certeza esse objeto passa a chamar atenção. É assim porque a garrafa térmica representa uma certa extensão da nossa própria casa no mundo exterior. Não se trata de uma ameaça contra os espaços sociais compartilhados, sejam esses a natureza, o transporte público ou o local de trabalho, mas às casas dos outros, cuja autonomia e soberania veem-se desafiadas pela presença de uma garrafa térmica externa. Afinal, você não tem por que trazer o seu café para a nossa sala, certo? Assim a garrafa térmica ocupa uma posição singular em meio aos demais objetos da casa, posição essa compartilhada somente com a bolsa térmica, outro aparato que tem a função de manter a temperatura quando saímos para dar um passeio ou nos afastamos das quatro paredes da casa. Enquanto panelas, espátulas, jarras e conchas, potes com tampa, batedores e assadeiras permanecem na cozinha e parecem impróprios em outros ambientes, onde claramente destoam do restante — imagine uma frigideira no banheiro ou uma batedeira no jardim —, a garrafa térmica e a bolsa térmica atingem seu objetivo fora da cozinha, onde permanecem apenas guardadas. Em razão do tamanho e do raio de ação restrito, a bolsa térmica é quase uma anomalia no contexto do dia a dia, porque sinaliza um elemento extra e não passa despercebida em nenhum contexto. A garrafa térmica, por outro lado, é bonita e esbelta, ajusta-se à mão e não requer nenhum equipamento adicional, pois a tampa faz também as vezes de caneca, e ao redor dela há toda uma rede de associações e memórias, porque desde sempre nos acompanhou, em passeios de carro, passeios de barco, passeios na montanha e passeios na floresta, e promove uma ligação entre tudo o que existe nessas situações com o que temos dentro de casa, sem que jamais pensemos nisso. Somente mais tarde, quando vemos as fotografias daquela época, torna-se claro que a garrafa térmica está no centro de tudo, como uma espécie de totem familiar. A garrafa térmica discretamente representava tudo aquilo que na época ligava-nos uns aos outros, e que hoje acabou.

Salgueiro

Há um salgueiro do outro lado da janela. A parte mais baixa é um toco velho, com menos de um metro de altura, partido ao meio por uma rachadura que vai até o chão. Tudo nesse toco parece estar morto, a madeira no interior da rachadura é preta e mole, cheia de buracos, e no topo a superfície é toda irregular, como madeira infestada por cupins. A casca ao redor é seca e quebradiça, como um invólucro sem nenhuma ligação real com aquilo que recobre. Mas no alto desse toco há três braços curtos e grossos, e cada um termina em uma espécie de nó, de onde brota uma miríade de galhos mais finos com uma casca lisa e jovem. Estamos em novembro, e o salgueiro deve permanecer assim durante todo o inverno, exatamente como fez ao ser podado no outono. Sem folhas e com galhos curtos, retorcidos e cheios de nós, o toco parece ser o interior de outra coisa, uma parte retirada para um conserto que acabou sendo abandonada ao vento e à chuva. Uma espécie de máquina, na qual é possível imaginar canos e mangueiras ligados às pequenas conexões, ou então o esqueleto de uma construção. Com frequências as árvores no inverno são comparadas a pulmões, uma vez que os pulmões têm a mesma forma básica que as ramificações de uma árvore sem folhas, na qual cada galho leva a um novo galho, sempre mais fino que o anterior, até formar uma finíssima rede de galhos. O salgueiro não se parece com um pulmão, mas os três nós guardam uma semelhança com os corações representados em modelos anatômicos com as principais artérias seccionadas, onde aparecem como tocos naquele músculo do tamanho de um punho. Mas o salgueiro não pertence ao interior de nada, não serve a nada senão a si próprio, não sustenta mais nada. Quando se ergue, imutável e esquelético durante o inverno, para então de repente encher-se de vida tão logo os galhos começam a crescer e ficam repletos de folhas, o que acontece mais rápido do que em qualquer outra árvore que eu já tenha observado, seria fácil pensar na vida como uma coisa que flui por aquele tronco, que nesse caso seria uma espécie de cano por onde passa a vida, para então se manifestar triunfalmente na festa de folhas verdejantes que o salgueiro promove no verão, quando os galhos crescem em arcos que se vergam rumo ao chão e as folhas da copa recobrem-no como um vestido.

No início da cristandade, a árvore morta com brotos era um símbolo central que representava a ressurreição, mas o símbolo em si é bem mais antigo, e originalmente representava a continuidade da vida. Não apenas é uma imagem mais humilde, uma vez que o individual encontra-se de todo ausente, ao contrário do que ocorre na cristandade, mas também mais verdadeira. O salgueiro é uma tocha da vida, assim como nós; quando a vida se apaga em nós, transfere-se aos nossos filhos.

Não tenho ideia quanto à idade desse salgueiro, mas imagino que tenha mais ou menos a idade da minha mãe, talvez dez ou vinte anos a mais. A rachadura não existia quando nos mudamos para cá, mas um dia recebemos a visita de um menino irrequieto que subiu na árvore, se pendurou no galho e o tronco rachou.

Eu amarrei-o com uma corda, imaginando que as duas metades pudessem unir-se novamente como que por milagre, mas não foi o que aconteceu. Na primavera seguinte a seiva veio por duas vezes em vez de uma, e a cascata de folhas passou a existir em dois lugares, mais ou menos como acontece quando a festa se divide assim que, ao longo da noite, as pessoas começam a sentar-se na cozinha, seria possível imaginar.

Vasos sanitários

Existe algo de elegante e de gracioso na forma do vaso sanitário, mesmo que seja um objeto grande e pesado que se apoia como uma pedra sobre o chão do banheiro. A graça vem da base estreita do vaso sanitário, que aos poucos se alarga em direção ao topo, de maneira que não parece diretamente ameaçar a gravidade, mas simplesmente trabalhar em sentido contrário. Porém, como se dá com muitos de nossos objetos mais bonitos, o vaso sanitário não é feito para agradar os olhos; a forma corresponde integralmente à função, que não tem nenhuma aspiração estética: é no vaso sanitário que mijamos e cagamos, e às vezes também vomitamos. Tudo no vaso sanitário encontra-se adaptado a essa função. Que o topo seja largo e a base estreita deve-se acima de tudo ao fato de que tem como principal função levar os dejetos do nosso corpo para fora da casa da maneira mais eficaz possível, e, como todos os que já derramaram líquidos em garrafas ou galões sabem, a forma de funil é a melhor que existe para evitar sujeiras e derramamentos. Assim como o funil nunca é o objetivo final dos líquidos, o vaso sanitário tampouco: é simplesmente uma passagem, um local de transição, uma espécie de corredor de transferência para os excrementos. A construção sólida em porcelana, que se caracteriza pela superfície lisa e dura, e a água que escorre pelo interior dessa porcelana devem-se ao fato de que nada deve grudar-se ao material. No vaso sanitário nada deve permanecer, nada deve espalhar-se: tudo deve seguir adiante. Acima do vaso ergue-se a caixa acoplada, um recipiente para a água, também em porcelana, geralmente retangular com cantos arredondados. No alto dessa caixa existe um botão que aciona o mecanismo de descarga; ao ser apertado, esse botão abre uma pequena válvula, e a água no interior da caixa acoplada escorre pela superfície interna do vaso sanitário. Em modelos antigos, em vez do botão pode haver uma pequena alavanca lateral, não muito diferente de uma alavanca de câmbio no formato, com uma esfera de baquelite na ponta, e em modelos ainda mais antigos a caixa de descarga pode ser independente, montada perto do teto, e nesses casos a água é liberada por meio de uma alavanca acionada por uma correntinha que puxamos para baixo. A parte mais estreita do funil, no interior da base, permanece cheia d'água, levemente esverdeada contra o branco da porcelana, e quando o mijo e a bosta encontram-se submersos, acompanhados pelo papel higiênico, que absorve o líquido e afunda sob a superfície, com uma forma levemente convexa, apertamos o botão, e assim que escorre pelo interior do vaso a água leva embora tudo aquilo que estava na base através dos canos que saem da casa e ligam-se à rede de esgoto na rua. É assim que funciona o vaso sanitário, o cisne do banheiro.

Ambulâncias

Na escuridão da planície a luz azul de uma ambulância pode ser vista a quilômetros. É uma luz diferente de todas as outras na região, tanto da luz amarelada nas casas como da luz vermelha que pisca no alto dos geradores eólicos e torres de telefonia. A luz de uma ambulância se parece com a luz de uma descarga elétrica, e movimenta-se depressa. Surge na distância, desaparece por uns segundos e então reaparece, bem mais próxima. Quando a escuridão é profunda, às vezes penso que é como estar no interior de um cérebro, que as luzes imóveis do jardim vêm de aglomerados de células que controlam as funções básicas, como a respiração e o metabolismo, enquanto a luz azul que se aproxima depressa é uma ideia súbita, um pensamento terrível ou então um sonho. A descarga elétrica é transmitida de célula em célula, chega cada vez mais perto e eu desvio o carro para o acostamento da estrada escura, pois nesse instante a ambulância está a poucas centenas de metros. Aproxima-se depressa, mas a sirene não está ligada, e esse detalhe intensifica a sensação de um acontecimento sinistro, pois a força da luz parece amplificada pelo silêncio. Sem um único som, a ambulância passa em meio à escuridão, e então desaparece. Durante o dia é diferente, não apenas porque a luz do sol enfraquece a luz azul, mas também porque o cenário, os terrenos com bosques e casas, a leve subida em direção aos penhascos na orla e o mar que se estende mais além causam a impressão de ligar-se à ambulância, branco metálico sobre um fundo verde e cinza, e assim oferecem uma explicação: alguém se machucou ou adoeceu e precisa ir para o hospital. Mas também durante o dia a ambulância pode adquirir um aspecto sinistro, que não tem nada a ver com o que se passa no interior do veículo, mas com o efeito que provoca. A maneira como um carro para no acostamento ao ver a ambulância logo atrás. É como se um mar se abrisse, e quando a ambulância faz a travessia, com a sirene ligada em acréscimo à luz azul, é como se o próprio tempo durante aquele instante houvesse parado, como se tudo fora daquele movimento cessasse e a bem dizer nem existisse até que o instante termine, os carros lentamente voltem a andar e em poucos segundos estejam de volta ao normal, como se nada tivesse acontecido. No interior da ambulância o tempo é diferente. A pessoa que está lá dentro, amarrada à maca, não percebe a velocidade, não percebe os carros no lado de fora, mas encontra-se no interior de um tempo próprio, que dura uma vida inteira e que naquele instante se fecha. Tampouco percebe a atividade febril ao redor, com um caos de mangueiras, fios, instrumentos, máscaras e seringas. Nesse tempo próprio não existem minutos nem segundos, não existem meses nem anos. Nesse tempo próprio somos como árvores escuras e imóveis, numa frequência temporal tão baixa que nenhum movimento é perceptível, a não ser os maiores, como a mudança das estações, e mesmo assim apenas de maneira tênue. É assim que os moribundos avançam pelas estradas no interior da ambulância: com a mesma lentidão das árvores que crescem.

August Sander

Passei a manhã inteira sentado, folheando a obra-prima de August Sander, intitulada *Pessoas do século XX*. O livro é composto por mais de cem retratos. Os retratos não têm nenhuma associação a qualquer tipo de nome, apenas a uma profissão, e as fotografias são divididas segundo a classe social: camponeses, trabalhadores, burgueses. São retratos absolutamente fascinantes, tanto em si mesmos como também em conjunto. Não me canso de olhar para o rosto dessas pessoas que viveram por volta da época da Primeira Guerra Mundial. Muitos têm expressões faciais insondáveis, como que mudas, porém assim mesmo eloquentes, mas como é possível uma coisa dessas?

A fotografia não apenas separa o objeto do tempo, mas separa-o também do espaço, isolando-o do contexto em que se encontrava. A tensão nessas fotografias deve-se ao fato de que todos os rostos, todas as pessoas parecem o tempo inteiro carregadas, mas essa carga permanece invisível. A ausência de explicações cria um estranho tipo de enigma, porque abre aqueles rostos fechados, mas não sabemos em direção a quê.

Muitos dos rostos de camponeses são rústicos, e parecem tanto mais rústicos quanto mais velhos sejam; talvez porque tenham vivido uma vida inteira ao ar livre, expostos ao sol, ao vento, à chuva e ao frio. Muitos desses rostos apresentam também um aspecto grave, como se estivessem habituados a evitar as pessoas que encontram, ou a simplesmente tolerá-las. Mesmo os rostos de rapazes e moças, ainda lisos e intocados pela mão da vida, apresentam essa característica. O contraste em relação aos rostos de pessoas que vivem outro tipo de vida, como os magnatas da indústria ou os artistas plásticos, é impressionante. Esses rostos não são rústicos, mas refinados, e não parecem graves, mas abertos. A ideia de que também o interior daquelas pessoas deve ser diferente encontra-se o tempo inteiro próxima. Assim como a constatação de que o elemento humano é igual para todos, mas a vida que levamos faz com que flua através de nós de maneiras diferentes. De que os sentimentos, os pensamentos e as ideias se abrem e se concentram em lugares distintos, conforme o local e a circunstância em que encontram resistência.

Parte daquelas pessoas deve ter sido traiçoeira, parte deve ter sido leal, parte deve ter sido honrada, parte deve ter sido mentirosa, parte deve ter sido temente a Deus, parte deve ter sido hedonista. Não há como fazer essa leitura a partir dos retratos. Tudo o que se movimentava ao redor delas foi retirado. Mesmo assim, é possível ter uma impressão clara em relação a quem eram. Mas afinal o que vemos ao olhar para aqueles rostos?

Se um fotógrafo viesse para cá, reunisse a família no gramado em frente à casa e tirasse uma fotografia nossa, e se essa foto tivesse ido parar num livro aberto por um homem daqui a um século, quanto da nossa vida, da maneira como transcorre por aqui, seria possível intuir?

Haveríamos de encará-lo em silêncio. Vanja, Heidi, John, Linda, Karl Ove. Tudo o que existe entre nós, e que no fundo é a única coisa que importa para nós, permaneceria invisível. O que esse homem teria visto é aquilo que nós mesmos não vemos, que somos rostos entre outros rostos, corpos entre outros corpos, pessoas entre outras pessoas. E que nossas vidas encontram-se escritas em nossos rostos e em nossos corpos, porém numa língua tão estranha que nem ao menos sabemos tratar-se de uma língua.

Chaminés

Da janela ao pé da qual eu me sento para escrever, olho para a casa onde moramos. A casa tem duas chaminés; uma ergue-se do teto, acima da cozinha, e a outra se ergue da peça mais distante, que usamos como escritório, onde anos atrás eu me sentava para escrever. As chaminés parecem-se com dentes, tanto na forma como se erguem do teto, feitas de outro material mais duro, como também no fato de que somente a parte superior é visível. As chaminés descem pelo teto, e nos cômodos abaixo se expandem, de maneira que no ponto mais baixo, quando chegam à cozinha e ao escritório, ocupam toda uma parede de alvenaria. Mas não são nervos que correm pelos espaços ocos no interior, é fumaça, e, ao contrário do que acontece num dente, uma chaminé é aberta ao longo de toda a extensão, e em dias como esse, em que o chão está coberto de geada quando nos levantamos e as janelas têm rosas de gelo ao longo das bordas, a fumaça desliza vagarosamente para fora da chaminé e espalha-se no ar acima da casa, ora quase invisível, como um tremor naquele azul, ora branca e fofa como um monte de neve, em padrões volumosos, ora fina e cinzenta e por assim dizer plana, como o recorte de um tecido infinitamente delicado.

A chaminé constitui portanto uma das aberturas da casa. Mas enquanto a porta é uma abertura para os moradores, sejam estes adultos, crianças, gatos ou cachorros, e para todas as coisas que os moradores levam para dentro e para fora da casa, e enquanto as janelas se abrem para que entre ar fresco, a abertura da chaminé faz parte de um sistema fechado, no qual o objetivo é justamente fazer com que aquilo que circula não se espalhe pela casa, mas permaneça isolado. Numa das pontas desse sistema está a estufa, que é um pequeno compartimento à prova de fogo, ao qual se tem acesso por meio de uma portinhola. Lá dentro colocamos lenha, que então é acesa e, quando a lenha se põe a queimar, fechamos a portinhola, de maneira que a fumaça criada pelo fogo seja conduzida pela parede de alvenaria, feita como um compartimento único, que, ao contrário de todos os outros cômodos da casa, não é dividido em dois ou em três pavimentos, e por fim se abre na parte mais alta, que se ergue acima do teto e é aquilo em que pensamos ao pensar na palavra "chaminé".

A chaminé jamais se revela por inteiro, a não ser quando uma casa incendeia, nessas horas a chaminé muitas vezes é a única coisa que resta. A chaminé domina e controla o fogo, e mesmo que o fogo se esforce ao máximo para queimar também a chaminé quando sua força tremenda é libertada, furioso com o jugo de anos, como uma criança adotada, talvez pudéssemos imaginar, que depois de ter destruído tudo no recinto investe contra o pai adotivo, um homem gentil e aborrecido que não faz nada além de falar sobre a importância de manter a compostura e controlar os impulsos. Mas o fogo não consegue vencer a chaminé, não consegue sequer fazer um arranhão na parede da chaminé, e morre ao pé desta. Como que triunfante, a chaminé ergue-se então rumo ao céu no meio do terreno preto, fumarento e queimado: enfim todos podem ver do que é capaz.

Ave de rapina

Tenho me levantado cedo neste outono, às quatro horas da manhã, quando tudo está às escuras e em silêncio no lado de fora. Da janela eu vejo o jardim, e do outro lado a casa. É novembro e o tempo permanece encoberto há várias semanas, de maneira que não há estrelas visíveis no céu. A luz das lâmpadas na parede caiada desenha um semicírculo acima da estradinha de pedra em frente à porta e dos canteiros de flores vazios mais abaixo, que a um só tempo brilham com uma luminosidade clara e vaga em meio à escuridão. Ouço *Ein Deutsches Requiem* de Brahms e olho para o monitor em branco do PC há mais de duas horas enquanto fumo e bebo café. Lá fora a aurora começa a surgir. Não parece ser a chegada da luz, mas um afastamento da escuridão. O céu acima do telhado empalidece, já não é mais preto, mas cinza-escuro, enquanto a fileira de árvores que se estende ao longo da estrada na altura do cemitério, a talvez cem metros daqui, conserva o pretume, e assim as árvores parecem surgir aos poucos à medida que o céu clareia. As copas já não têm mais folhas, somente galhos, grossos na altura do tronco e cada vez mais finos em direção àquilo que durante a primavera e o verão é a folhagem, mas que neste momento desapareceu e existe apenas como uma promessa ou uma lembrança. Assim é o dia por aqui. A grama é verde, a parede de madeira vermelha, os galhos do salgueiro amarelo-ocre, o banquinho mais atrás azul. Ainda não escrevi nada, o monitor à minha frente continua em branco e, como hoje é sábado, logo vou ter de me juntar aos outros. E de repente uma coisa acontece do outro lado da janela. Uma ave de rapina mergulha em direção ao solo, é como uma explosão de movimento, que parece apagar todo o restante. O pássaro aterrissa bem ao lado do salgueiro, a poucos metros de mim. Ele golpeia a grama com força usando o bico, com uma agressividade enorme, e chega a ruflar as enormes asas como que para manter o equilíbrio. Sinto o meu coração bater forte enquanto acompanho a cena. Os olhos fixos à frente, como se fossem independentes dos movimentos da cabeça, as patas fortes e as plumas que as cobrem, as garras amarelas e o bico amarelo. Grande, curvo, afiado. Então o pássaro se vira e parece dar um salto rumo ao ar, bate as asas por duas ou três vezes e já está acima do telhado da casa. Eu continuo sentado. Esse turbilhão de acontecimentos, que apagou todo o restante pelo tempo que durou, porque era impossível tirar os olhos daquilo, me fez lembrar de outra coisa. Mas do quê? Por fim me lembrei. Foi a minha primeira visita à Nasjonalgalleriet em Oslo. Eu devia ter dezessete anos. Andei por aquelas salas, olhei para as pinturas e gostei muito, de praticamente todas, em particular as que pertenciam ao período do romantismo nacionalista, porque eram grandiosas, porque tinham uma beleza fotorrealística e as cores eram incríveis. E então cheguei à sala onde ficam expostas as pinturas de Munch. De um só golpe todo o resto empalideceu. Era aquilo. A exceção era a arte. A exceção fazia com que o instante se abrisse, rompesse o tempo e criasse uma presença em cuja voragem tudo se tornava repleto de significado. A exceção é a luz, que não projeta sombras. Os pássaros do lado de fora, que estão sempre aqui, pegas, melros, pardais, agora parecem mais nítidos.

Silêncio

Uma das características da linguagem é a capacidade de mencionar aquilo que não está aqui. Dessa forma podemos manter tudo o que se encontra fora do campo de visão em nosso mundo, e ademais tudo o que se encontra fora do nosso horizonte de tempo — tanto o ontem quanto o amanhã. Mesmo que a pequena colina logo além do campo de visão que tenho daqui onde estou sentado naturalmente exista o tempo inteiro, essa existência, que acabo de evocar, tem parentesco não apenas com aquilo que é hipotético, mas também imaginário. Você, que está lendo, não tem como saber se essa pequena colina realmente existe, mesmo que possa imaginá-la, e tampouco pode saber se eu, que escrevo, existo — talvez você esteja lendo essas palavras muitos anos depois que as escrevi e eu já esteja morto. Essa expansão violenta do mundo, que ocorre na linguagem e é mantida através da linguagem, talvez seja a mais importante característica humana. Sem a linguagem o mundo voltaria ao estado natural: cada palavra é como uma clareira. Mas a linguagem também é traiçoeira, no sentido de que tudo aquilo que não existe — e não penso apenas naquilo que é ficcional, hipotético ou imaginário, mas também naquilo que é o oposto do ser, o não ser — adquire um status de todo impossível na linguagem, uma vez que transforma aquilo que não é em uma coisa que é simplesmente ao mencioná-la. "Nada" é aquilo que não existe, que não é coisa nenhuma, mas quando escrevemos ou dizemos essa palavra, uma coisa passa a existir e a ser: o nada. O silêncio é uma palavra como essa, porque significa a ausência de som, não uma coisa em si mesma. Mas raramente vamos às últimas consequências dessa palavra: costumamos usá-la para fazer gradações de som, e em geral a associamos a paz e tranquilidade — "que lugar calmo e silencioso", dizemos quando chegamos a uma paisagem interiorana, já longe do ruído do tráfego, ou quando nos sentamos na floresta e todos os sons da incessante atividade humana desaparecem. Tudo o que ouvimos nessas horas são o canto dos pássaros e os movimentos das árvores ao vento, que chamamos de silêncio da floresta. Se faz um dia sem vento no inverno, nem mesmo isso se ouve. O silêncio transforma o cenário, e assim a nós próprios. Todos os sons estão ligados ao momento, pertencem sempre ao agora, àquilo que se transforma, enquanto o silêncio está ligado à imutabilidade, onde o tempo não existe. Essa é a eternidade, mas também o nada, que são dois lados da mesma moeda. Compreendi o significado disso em um vislumbre que tive quando assisti ao filme *Shoah*, um documentário sobre o extermínio dos judeus, no qual um funcionário da companhia ferroviária fala sobre como certa tarde a estação se encheu de vagões; a bordo estavam os judeus deportados, crianças, adultos e idosos, e por toda a região ecoavam os barulhos daquelas pessoas ao entardecer. Ele não disse que tipo de barulhos, mas posso imaginar que fossem choro de crianças, vozes de homens e mulheres, passos, gritos, tilintar de talheres e quem sabe até risadas. Quando o homem chegou de bicicleta para trabalhar na manhã seguinte, os vagões continuavam lá, mas tudo estava em silêncio. Não havia nenhum barulho. Essa foi a primeira vez em que ouvi falar sobre o silêncio que, segundo compreendi, o Holocausto incluía, em uma revelação que durou poucos segundos antes de sumir outra vez. Uma grande parte da vida e do viver está relacionada a barulhos, desde os passos das crianças que correm pelo assoalho, do choro e dos gritos de alegria, até o som da respiração regular quando dormem à noite. Mas a literatura sobre a vida e o viver tem uma ligação mais próxima com o nada e a ausência de vida, com a noite e o silêncio, do que em geral imaginamos. As letras não passam de símbolos mortos, e os livros são caixões. Nenhum barulho veio desse texto enquanto você o lia.

Bateria

Há uma bateria completa no cômodo onde agora escrevo. É um instrumento que tem um jeito infantil, desde os nomes das partes individuais, que podiam ter sido inventados por uma criança — o maior tambor chama-se bumbo, o mais agudo chama-se caixa, e além disso há os tons e o surdo —, até o cromo brilhante e a expectativa criada ao ver tudo aquilo montado, de bater, golpear e batucar. Visualmente, uma bateria se parece com o carro americano das décadas de 50, 60 e 70, com rabos de peixe, superfícies em cores claras e grades lustrosas, e também com um caminhão — não o caminhão anônimo de trabalho, coberto por lonas e com o nome da empresa pintado na lateral, mas com o caminhão rebuscado, pintado com aerógrafo e cheio de acessórios, esses prodígios veiculares, e talvez com a lancha de corrida com seu casco lustroso e seus grandes motores de popa. Qualquer um que durante a adolescência tenha visto a bateria de Roger Taylor no Queen, com aquela miríade de tons, aquela infinidade de pratos e um enorme gongo logo atrás vai entender o que eu digo. O que a bateria tem em comum com o carro americano, o caminhão turbinado e a lancha de corrida, além do visual muito atrativo para as crianças, é uma promessa de velocidade, e portanto de liberdade. Mas o que todas as crianças que começam a tocar bateria logo descobrem é que essa promessa jamais é honrada, pois se há uma coisa que pode ser vista como a principal característica de tocar bateria, essa coisa é o aspecto estático. Tocar bateria é cultivar a arte de se impor limites, é renunciar a todo o excesso e seguir determinado pelo caminho da economia e da sobriedade. Dentre todos os instrumentos que existem, a bateria é o mais ascético. Uma bateria com diversos tons oferece apenas mais oportunidades de fazer o mesmo.

Essas palavras são escritas por um homem branco de meia-idade com um âmago gelado, que caminha com passos duros e as costas meio curvas, e que nunca brinca, nunca dança, nunca se entrega à escuridão indômita e ilimitada que em razão dos gregos chamamos de "órfica", cuja entrada é a repetição do ritual, ou, dito em outras palavras, do ritmo. O ritmo, a batida, o golpe, o transe. O coração, o sangue, o sacrifício.

Os tambores encerram as duas possibilidades: tanto a apolínea quanto a órfica. É o que fazem toda a arte, todas as formas de arte, todos os instrumentos musicais, porém nenhum de maneira tão simples e essencial como os tambores. O apolíneo reside no fato de que as batidas representam divisões e sistematizações do tempo, em intervalos mais curtos e mais longos, é matemática pura, como toda a música também é sempre matemática. As batidas precisam chegar no instante exato, como que vindas de um relógio, e ao se fazer um rolo para marcar uma quebra ou uma transição é preciso voltar sempre no momento certo. Os bateristas de jazz, que transformaram a execução de ritmos em arte, viraram essa relação de ponta-cabeça, de maneira que as transições e as quebras tornaram-se para eles o próprio tocar, e as marcações do ritmo uma ocorrência eventual, apenas sugerida, mais ou menos como um trabalhador que subiu na hierarquia da empresa e hoje, como diretor, já não precisa mais bater ponto, mas assim mesmo bate em nome dos velhos tempos. Os bateristas de jazz são virtuoses, não existe nada que não possam fazer com uma bateria, são verdadeiras orquestras de um homem só, mas aquilo que criam, as transgressões que cometem, estão mais próximas de jogos e brincadeiras, de um incessante malabarismo com tudo aquilo que é possível, ou seja, com o apolíneo, do que com o cerne da música, de seu coração escuro, tão simples e primitivo como a linha que hipnotiza a galinha: não a batida que divide o tempo, mas a batida que o faz cessar. Tempo é distância, e quando essa distância some já não estamos mais no mundo, mas tornamo-nos parte do mundo. Foi isso o que a música de Orfeu fez com as mulheres que, em uma espécie de transe ou êxtase coletivo, arrancaram-lhe a cabeça e a jogaram no mar, que a levou embora aos poucos enquanto ainda cantava.

Olhos

Nunca vou conseguir entender como os olhos funcionam. Nunca vou conseguir entender como os reflexos do mundo exterior, com todas as suas coisas e movimentos, podem inundar nossos olhos e surgir como imagens na escuridão do cérebro. Sei que os olhos são compostos pelos humores vítreos, por câmaras anteriores e posteriores e por uma série de membranas. Sei que a energia da luz é transformada em impulsos nervosos quando a luz incide sobre o olho: uma substância fotossensível chamada rodopsina sofre uma transformação e os impulsos resultantes percorrem o sistema nervoso até chegar ao centro visual do cérebro, onde ressurgem como visões interiores. Graças a esse processo infinitamente refinado, que envolve mais de cento e vinte milhões de células visuais na retina, pude ver as minhas filhas jogar badminton no gramado em um dia quente e tranquilo de julho, rodeadas por plantas e árvores verdes e imóveis sob um céu azul — tanto os movimentos levemente desajeitados quanto as expressões do rosto, quando por vezes começavam a rir ou a trocar acusações. Graças a esse processo também pude ver a neve que caiu em meio à escuridão no outro lado da janela da cozinha quando hoje pela manhã eu esperava que o café terminasse de passar, a maneira como os pequenos flocos acompanhavam os mais delicados movimentos do ar, e um após o outro acumulavam-se em camadas entre as folhas da grama, que agora, horas mais tarde, quando a luz do sol distante, atenuada por uma forte camada de nuvens, brilha sobre o panorama, encontra-se totalmente coberta pela neve branca. Não consigo entender como acontece, mas eu poderia ter me dado por satisfeito com a explicação de que é um processo totalmente mecânico e material, uma simples transferência de energia, uma questão de átomos e fótons, se não fosse o fato de que os olhos não apenas recebem a luz, mas também a irradiam. Que tipo de luz é essa? Ah, é a luz do nosso interior, que brilha em todos os olhos que vemos, conhecidos e desconhecidos. Em desconhecidos, como por exemplo a bordo de um ônibus lotado em uma tarde de outono, a luz que os olhos irradiam é fraca, mais como um brilho quase imperceptível nos rostos sujos, e o que revelam é pouco mais do que o fato de que se encontram vivos. Mas no instante em que esses pequenos faróis da vida apontam para você, e você os encara, o que você enxerga é exatamente aquela pessoa. Pode ser que você se fixe nela, pode ser que não, ao longo de uma vida olhamos para milhares de olhos e quase todos passam despercebidos, mas de repente fazemos uma descoberta justamente aqui, nesses olhos, que você então deseja, e que você estaria disposto a fazer praticamente qualquer coisa para conquistar. O que é isso? Ah, não são as pupilas que você enxerga nesse instante, não são as íris nem os humores aquosos. É a alma, que preenche os olhos com uma luz arcaica — e olhar para os olhos da pessoa amada com um amor intenso é a maior felicidade que existe.

ESTA OBRA FOI COMPOSTA POR ACOMTE EM ELECTRA E IMPRESSA PELA GRÁFICA PAYM EM OFSETE SOBRE PAPEL PÓLEN SOFT DA SUZANO S.A. PARA A EDITORA SCHWARCZ EM MAIO DE 2022

A marca FSC® é a garantia de que a madeira utilizada na fabricação do papel deste livro provém de florestas que foram gerenciadas de maneira ambientalmente correta, socialmente justa e economicamente viável, além de outras fontes de origem controlada.